Uma tarde destas

Uma tarde destas José Roberto Melhem

imprensaoficial

Uma tarde destas 9
Meninos no parque 21
Duas velhas 39
Figuras no corredor 55
Vera 73
As maravilhas 85

Posfácio 171
Milton Hatoum

Uma tarde destas

Para José Renato Soibelmann Melhem,
que me induziu a esta narrativa.

Uma dessas tardes enfadonhas, bem uma dessas que parecem que nunca terminarão. É comum, em tardes assim, você se surpreender sem ânimo para nada, como se estivesse sem ocupação alguma, sem nada mais para fazer que plantar-se em um lugar qualquer e ficar olhando o céu, meio tentando adivinhar se vai chover, se um dia finalmente cobrirão de tinta os remendos na empena cega daquele prédio, se finalmente algum dia aquelas estranhas janelas do último andar do edifício em frente se abrirão para revelar ao mundo seus moradores. Assim, exatamente assim você fica, improdutivo, taciturno. Até que, sendo horas em que a sua dignidade profissional o autoriza a deixar o escritório sem simular a correria para um chamado urgente, você veste lentamente o paletó, deixa a mesa meio desarrumada e ruma devagar para a saída, acenando a esmo um adeusinho meramente gestual, com o qual todos têm uma ampla e cúmplice familiaridade. Mas, nessa tarde, a chuva o colheu à porta do edifício, antes que pudesse por um pé na calçada, foi ali mesmo que você se postou a vigiar o tempo, a calcular o quanto se ensoparia ao menos até alcançar um bar que ficava a meia quadra dali, e foi chegando um, outro, foi chegando gente, logo era um grupamento razoável que se abrigava da chuva que caía junto a você. Seu olhar fixou-se, então, na rua, nos passantes apressados, na calçada em frente. Bem ali, na calçada em frente, sua atenção se deteve. Um estranho grupo começara a juntar-se rente ao muro onde, a uns cinco metros de altura, se enfileiravam as janelas dos escritórios do primeiro andar do edifício cujas janelas do último andar tanto o intrigavam. Formaram um semi-círculo, como se fossem realizar alguma manifestação ou simplesmente acompanhar a pregação de algum pastor evangélico que ainda não aparecera. Eis aí, pensou você, fosse outra esta tarde, não estivesse eu tomado deste fastio horrível, por que não poderiam eles salvá-la com alguma manifestação mais agressiva, dessas que atraem a polícia e terminam em correria, gritos, conflagração generalizada? Mas eles se preparavam para encenar um desses espetáculos de teatro de rua, já se vestiam adequadamente com seus figurinos e se pintavam e se cobriam de perucas. Eis aí umas bestas, você então ruminou, o que pretendem, com essa chuva que começou mansinha e depois apertou, só para nos anunciar o temporal que vem vindo? Tudo o que podem conseguir é resfriar-se.

Mas o conjunto teatral se põe efetivamente a organizar os preparativos de uma representação, todos mostram-se determinados a levá-la a cabo, mesmo que ocorra debaixo de chuva. Chuva não, pensa você, chuva é o que se vê caindo agora, o aguaceiro que promete despencar é que assusta, e olha a cena perplexo, da soleira da porta principal do edifício onde se postara, pouco confortável é fato, mas abrigado da chuva que cai, da tempestade que se avizinha. Dali, você espia o movimento da rua, vê a cena da trupe mambembe, mata o tempo enquanto este não se acalma. São, pensando bem, diversos atores, mais do que se poderia esperar. Montam seu cenário encostado ao muro do outro lado da rua, muito poucos são os espectadores que se aproximam do iminente espetáculo, a chuva ameaça precipitar-se bem mais forte, impiedosamente. Mesmo assim, os atores insistem no seu trabalho, o que lhe desperta um sorriso zombeteiro, são uns idiotas, pensa você.

E leva um susto quando ouve a voz do homem plantado diante de si, a perguntar se você se aborreceria por ele ocupar a sua frente. Ainda lhe explica, sabe, a chuva. É claro que você sabe, só não tem certeza é de que a sua camaradagem chegue a tanto, diante da iminência de um temporal, que permita a um estranho cobrir-lhe a visão do único entretenimento possível naquele instante. O homem, no entanto, tinha algo de familiar para você, fosse na sua fisionomia, fosse no porte altivo, em que você já reparara algum dia, tinha a certeza disso, só não se lembrava de onde. Pelo sim, pelo não, você acedeu, pedindo-lhe prudentemente antecipadas desculpas por não ser de muita conversa. Ele sorriu e se situou onde pretendia, explicando-lhe que nos dias que correm nem é bom que as pessoas batam muito com a língua nos dentes, o que você estranhou, chegou a lhe replicar que justamente nos dias que correm esse problema não existia mais, pelo menos neste país, é que você não era de muita conversa pelo seu natural, só por isso. Então ele virou-se e retrucou que talvez não fosse bem assim, como você dizia, e ajuntou, enquanto estivermos todos em um cenário onde os personagens do passado puderem reaparecer, as cenas do passado podem repetir-se. Um tipo destes é o que me faltava, você pensou, para uma tarde como esta, um sujeito que vem plantar-se à minha frente neste lugar precário e ainda maçar-me, com sua filosofia barata. Só que ele não desistia assim tão facilmente, agregou ao seu raciocínio a provocação de que tantas vezes gente como nós se via diante de situações que traziam de volta o passado. É verdade, você lhe disse tentando arrematar por ali aquele papo imbecil, mas uma coisa é lembrar, outra é viver. Enganou-se. O sujeito devolveu-lhe prontamente que viver dependia de refletir sobre lembranças e você quis matá-lo, naquele preciso instante, só não o fez porque é frouxo o bastante para vacilar e um assassino não pode vacilar, senão não mata. Encarou-o com um misto de espanto e irritação que ele percebeu, balançou a cabeça e murmurou já sei, já sei, você pensa que eu sou apenas um débil mental falando besteiras e você lhe disse, então, que se pensara isso agora não pensava mais, agora ele lhe parecia de novo um tipo esperto. Não vou ficar magoado, falou ele, mas você está sendo injusto comigo. Pode ser, foi o que lhe respondeu, mas convenhamos, até aqui você tentou burlar o fato de eu ser de pouca conversa com algumas obviedades que não me seduziram nem um pouco. E sabe por que as disse?, perguntou-lhe ele. Havia um motivo?, você contra-atacou. O motivo, respondeu, foi que dentre todos que vieram abrigar-se neste lugar, nós dois fomos os únicos que ficamos prestando atenção nessa trupe, desde há pouco. Essa explicação causou-lhe uma surpresa inesperada, antes que você lhe dissesse qualquer coisa ele acrescentou, pois não havia você percebido a transformação que se passara, ainda agora mesmo? E, ajuntou, esse grupo podia bem ser um bando de provocadores, que causassem uma confusão na rua, algo que alegrasse o seu espírito, mas infelizmente não é, é apenas uma trupe de mambembes. Você o encarou, a princípio com certa perplexidade, pois ainda lhe sobrava que o que você havia cogitado sobre aquele conjunto pertencia à intimidade do seu pensamento, era, no fundo, uma fantasia para distrair o tempo, nada mais. E se colocou reflexivo. Com um olhar de interrogação, ele observou que você ainda não lhe respondera à pergunta. Foi quando você resolveu aceitar o jogo, se fosse um jogo, parecia ser mas era incrível e intrigante, esse jogo nascera de uma adivinhação dos seus pensamentos, ora essa. Limitou-se a lhe dizer que sim, que você percebera muito bem o que se passara na sua própria cabeça e nada mais, e daí. Mas ele lhe respondeu apenas, com um sorriso carregado de enigmas, e então? Então, rebateu você, a nossa boa trupe ainda vai nos brindar com um espetáculo agradável, esperemos que se dissipe a tempestade que está por vir, só isso. Ele silenciou, ambos quedaram um tempo sem se encarar, seus olhos estavam presos à calçada fronteira, onde se divisavam os preparativos daqueles atores que, provavelmente, iriam iniciar sua encenação logo em seguida, chovesse torrencialmente ou não. A movimentação deles era febricitante, o palco já se armara, uma espécie de tenda que haviam improvisado ao lado abria-se de tanto em tanto para libertar um a um os personagens já paramentados. Esses aí devem estar cumprindo um contrato com o Departamento de Cultura, pensou você em voz alta, vai chover mais pesado e não haverá um só espectador para a encenação. O sujeito à sua frente, porém, agora tinha novamente os seus olhos grudados em você, isso se percebia. Gosta de teatro, foi o que lhe perguntou, e você surpreendeu-se dizendo-lhe que sim, que gostava muito, embora se arrependesse imediatamente, pois essa era uma resposta que poderia desandar em uma nova conversação, talvez interminável, a essa altura você já não queria mais saber de conversa alguma com ele. Ou melhor, secretamente queria, sim, queria que ele lhe explicasse como havia captado suas divagações absolutamente íntimas sobre a trupe, mas isso, você suspeitava, ele não revelaria jamais. E o encarou com alguma agressividade, para lhe explicar que só concordara em que se instalasse em sua frente porque sua fisionomia lhe era familiar, perguntou se ele o reconhecera também, e de que lugar, de que situação, ou se podia dar alguma pista a respeito de onde poderia você conhecê-lo. Ele abriu um riso escancarado que, contudo, não trazia uma ponta sequer de deboche, não, era somente uma risada divertida, e exclamou que tudo aquilo eram artes de Martinho. Quem é Martinho, quis você saber, já para muito incomodado com a situação. Ele só lhe observou, num sussurro, você ainda vai saber quem é Martinho. E ficou quieto, e por minutos a fio continuou quieto, absoluta e insuportavelmente quieto. Sua irritação cresceu, mas algo havia na situação que lhe impunha desvendá-la, esclarecer, com aquele homem, todo o diálogo absurdo que estavam travando, como é que de repente, numa tarde daquelas, ele não só devassara os pensamentos com que você se distraía da chuvarada que se acentuava, como ainda o escolhera para postar-se à sua frente, atrapalhar a sua visão da rua, atormentá-lo com uma conversa sem sentido. Não se sabe bem por que é que então você lhe disse, essa trupe não iria jamais atender aos meus desejos íntimos, devem ser todos bastante jovens, e jovens, nos dias que correm, não se iriam aplicar agora numa atividade teatral em que há alguns anos era uma temeridade se aventurar, só os jovens daquele tempo, que era outro tempo. Você começou a entender o que eu lhe falei, retrucou o sujeito, eu bem vi como você acompanhou o que a trupe fazia, eu estava por aqui mesmo, junto à porta. Você não pôde conferir a expressão do seu rosto, naquele instante, mas voltou o olhar para todo o vão da porta e depois para ele, pediu-lhe simplesmente que lhe esclarecesse, o que o levara a observá-lo desde a posição que ocupava no arco da porta e depois vir pedir para instalar-se à sua frente, conversar consigo. Nada em particular, ele replicou, acho que entendi o que você estava pensando naquele momento, foi isso, então imaginei que talvez você me aceitasse, digamos assim, em sua companhia, e você confirmou essa suspeita, afinal, aqui estamos, ou não? Dessa vez quem riu foi você, nem se sabe bem por que motivo, mas riu, de fato, e observou, aqui estamos. Depois ajuntou, o que lhe parece que esse grupo irá representar? Ele afivelou um ar grave à expressão, indagou-lhe teatralmente e você, o que acha, será que ele está mesmo preparando um espetáculo vulgar ou alguma coisa de mais impacto, como você queria? Você lhe disse que já expusera o que achava, que já não achava mais merda nenhuma, foi exata e chocantemente o que lhe disse, ora essa, você estava de repente bastante irritado, disse-lhe que achava apenas que ambos estavam mantendo uma conversa de doidos ou de ébrios, que talvez a chuva forte que não chegava de vez fosse a responsável, que os prendia como dois tontos àquela entrada de edifício. E se encararam fixamente, depois riram, eis que os dois concordavam finalmente em alguma coisa, ele lhe disse que era bem verdade o que você dizia e você lhe respondeu que tudo bem, nada mais agradável do que um papo jogado fora numa tarde como aquela. Era um momento propício para que a prosa de ambos desbordasse em uma conversação ligeira, só que assim não se deu. Ele moveu-se, repentinamente. Empertigado, novamente estava ali, diante de você, o tipo que você sabia conhecer de algum lugar, não sabia de onde, a encará-lo com ar circunspecto, que se limitou a lhe dizer que precisava ir-se, agora, que a trupe podia estar-se preparando para atuar de um jeito ou de outro, claro, como vocês estavam de um jeito ou de outro, bêbedos segundo se poderia supor, sóbrios segundo a realidade e segundo vocês mesmos, embora transtornados, que tudo era a um tempo real e imaginário, que no fundo a história e a arte interagiam o fato e a fantasia, a história era arte e a arte, de algum modo, era sempre a história. Você o fitou indignado, não só porque se movimentara e pusera a falar abruptamente, como pela má educação de tornar a lhe dizer platitudes, como se fosse despedir-se por você, imagine, você lhe causar enfado, e lhe anotou com certa rispidez que a seu ver a história era a memória, o que não abstraia a possibilidade do delírio, disse-lhe isto e se arrependeu em seguida, frase mais besta, o tipo o contaminara decerto. Ele porém prosseguia o seu discurso como se nem fizesse conta do que você viera de lhe dizer, acrescentou-lhe que a história era também o que nos sobrava da história, por isso é que aquela trupe tinha importância, porque aquela trupe nos sobrara da história, foi o que lhe disse e arrematou, quase ao transpor a porta do edifício e ganhar a rua, você é um sujeito que gosta de teatro, o teatro não deixa que a nossa memória se afaste do que nos deve sobrar da história. Você bendisse imediatamente a sua partida, tratava-se de um chato.

E você ainda tentou acompanhá-lo, desde que saiu para a rua, seguiu-o com o olhar inquieto ao vê-lo atravessar-lhe o leito para o outro lado, a transpor a larga calçada, dirigindo-se ao grupo que se organizara junto aos muros do edifício. Pôde observá-lo quando se reuniu a eles, embora um pequeno ajuntamento de espectadores lhe toldasse a visão daquele conjunto já preparado para o espetáculo que iria iniciar. Através do seu lugar de sempre, você foi, aos poucos, identificando o cenário, os perso-nagens, achou que adivinhava mal e mal o enredo que iria ser encenado. Um ator ultimava seus preparativos, em frente à tenda que lhes servia de camarim, ajudado por um sujeito magro que retocava as tintas que cobriam a sua face, para subtrair-lhe umas duas dezenas de anos à idade real. Então esse deve ser Martinho, pensou. E viu seu companheiro de prosa postado a um canto, à espera de que o espetáculo começasse e ele pudesse, finalmente, dizer ao público as verdades de seu personagem.

Foi quando o reconheceu, não ao companheiro de prosa, mas ao personagem, que é quem de fato você reconhecera desde o início. Ele era você mais moço, que diabos. Artes de Martinho, cogitou. E sorriu, tomado de perplexidade. Simplesmente sorriu. Com o sorriso desconcertado de quem não lograra antes adivinhar de onde reconhecia a figura que se pusera diante de si. Nesse momento, do canto da calçada, veio vindo uma outra figura familiar, mansa e calmamente, a recitar um texto que lhe era inaudível, de onde você estava. Mas ouviu algumas palmas dos poucos espectadores, agrupados diante da cena. E viu esta figura que se dirigia para um ponto do cenário, onde se erguiam umas grades, e viu que uns guardas a agarravam e lhe batiam com brutalidade, não pôde ver direito o que transcorreu a seguir, mas percebeu, apenas, que embora ainda não chovesse pesado, progressivamente a noite se fazia mais ventosa e mais insegura, só que o público ia se tornando mais numeroso e atento.

Meninos no parque

1

Um, com seu jeito de caminhar meio incerto, quase despencando para um lado, vem ali, entre ajudado e arrastado por uma enfermeira. O outro é um pivete, precocemente acostumado às drogas e ladrão por imperativo de sobrevivência, vive pela praça e pelas ruas laterais há muito tempo, um olho vivo sempre alerta. Tem prestado atenção nesse menino deficiente, que de uns meses para cá passou a vir tomar sol por aí todas as manhãs, esse menino doente lhe desperta um misto de curiosidade e simpatia. Só não tem tido coragem de se aproximar dele, decerto não será bem compreendido e de confusões a sua vida está cheia demais para se arrumar mais uma. Aquela enfermeira já conquistou o seu rancor, parece-lhe que ela maltrata o coitadinho além da conta. E ainda adotou o hábito de largá-lo ali, sentado no banco em frente ao coreto, enquanto se distancia para ir namorar um guarda que vigia a praça. O pivete se detém sempre a observá-lo com alguma discrição, perde às vezes um bocado de tempo nisso, fica a se indagar se o outro sabe falar, se mora por perto, essas coisas. E sobretudo o intriga o fato de que o outro atende às ordens da enfermeira docilmente, ela lhe determina que fique ali sentado e ele fica, nem mesmo se move do lugar no banco em que o puseram. Então o pivete se pergunta se o outro tem noção de liberdade, se consegue perceber que lhe é fácil sair dali e andar à toa por onde bem entender. A enfermeira já se afastou o bastante para nem mais ser vista, persegue o guarda na sua ronda, os dois lado a lado, mal disfarçando o namoro. Nessas horas em que o guarda some de perto, o pivete se aproveita e furta coisas dos passantes, sai correndo e nunca o alcançam. Desde que deu para ficar espiando o menino no banco, porém, seu prejuízo tem sido enorme, deixa escapar oportunidades preciosas, embora não pareça se incomodar com isso. Tudo o que quer é satisfazer a curiosidade e as dúvidas que tem sobre o outro, mas para tanto lhe falta a coragem, talvez um dia a adquira, quem sabe. Nesta manhã, estão eles como que face a face, o pivete finge mexer em algumas coisas agachado a dois passos do banco onde o outro menino, acomodado, ao que tudo indica, nem o nota, só fica vagabundeando o olhar impreciso pela paisagem à sua volta, sem aparentemente alimentar interesse maior por nada. O pivete, porém, tem um olhar de esguelha sempre pousado no outro, examina cada movimento seu com atencioso cuidado. Ele pensa que poderia aproximar-se e puxar conversa; mais uma vez, no entanto, hesita e não o faz. No que age acertadamente, pois mais adiante percebe o guarda e a enfermeira, agora entretidos com uns bandidos que ele conhece muito bem e que deviam estar aprontando alguma coisa, há uma roda de pessoas que se dispõe em torno à cena com prudente distância. Imagina que logo a enfermeira irá voltar, para buscar o menino e levá-lo dali, só que ela fica junto ao guarda e não se mexe, o guarda está exibido como nunca, com certeza quer mostrar para a moça o quanto a sua autoridade se impõe no lugar. O pivete põe-se atento, pois conhece aqueles tipos com os quais o guarda está se empombando, nenhum é flor que se cheire, muito provavelmente enquanto o guarda vai sendo distraído por eles algo ocorrerá em outro ponto da praça. E o pivete está certo, mas o salseiro acontece ali mesmo, onde ele está, uns marmanjos que se acercaram de uma senhora para tomar-lhe a bolsa. Só que ela é imprudente, grita e reage, há um corre-corre, num instante aparece um sujeito que ninguém sabe quem é e que vai sacando o revólver do coldre para acuá-los, isso é um perigo. E o que o pivete receia, acaba por acontecer. Um dos bandidos, discretamente, saiu para um lado, postou-se atrás do tal sujeito e logo saltou sobre ele, agarrou-o pelo pescoço, o povaréu em torno se dispersou em debandada. A mulher pôs-se a gritar mais alucinadamente, um outro bandido lhe dá um tranco e a atira no gramado, aparecem revólveres nas mãos daqueles meliantes, o pivete franze a cara num esgar de antecipação da tragédia iminente. O defensor da dona tenta desvencilhar-se dos braços que o manietam, consegue manusear a sua arma e atira a esmo. O bandido que o segurava se desprende, lhe desfere um pontapé nas costas, ele cai e sobre si é despejada uma saraivada de balas, a mulher assaltada se lança em fuga mas nesse desespero desaba sobre o corpo ferido e também é atingida por um, dois, vários tiros enquanto cada um dos bandidos sai às carreiras para um lado diferente, desaparecendo pelas imediações da praça. Pronto, pensa o pivete, está feita a cagada. Um dos bandidos vem vindo na direção deles, ainda atira para espantar eventuais perseguidores, uma das balas passa perto do menino doente, pela cabeça do pivete se esboça uma impressão de medo, ai, meu caralho. E sabe que o que se recomenda é sair logo dali, sem vacilações, sair dali, sumir para longe e fingir que nem mesmo viu o que se passou. Só que o seu olhar se volta para o menino no banco, ele continua como sempre esteve, sentado e quieto, vai esperar em vão que a enfermeira volte para buscá-lo. O pivete sabe que o outro é fraco da cabeça e sente que não pode abandoná-lo ali, daquele jeito, à mercê de uma bala perdida ou outros perigos. E sabe que a oportunidade de abordá-lo, finalmente, surgiu como uma necessidade vital. Domina o medo que sente, há uma sensação mais forte que o move nesse instante, a de que não pode largar aquele infeliz plantado naquele banco, é preciso levá-lo dali e logo, depois se via para onde. Então se dirige ao outro, senta-se às pressas ao seu lado e lhe pergunta como se chama, só não espera resposta, afinal não há tempo a perder, é preciso que logo conquiste a confiança desse doente para que se ponham a salvo, em minutos o lugar vai ser ocupado por um enxame de policiais, então lhe diz com rispidez vamos indo, venha comigo e vamos passear por aí, depois a gente volta. Sem mais hesitação, pega na mão do outro e o ajuda a levantar-se, o outro grunhe algo incompreensível e gira o olhar pela praça, talvez procure a enfermeira. Mas o pivete não o deixa demorar-se nisso, arrasta-o consigo enquanto vai falando, venha comigo, você quer morrer, idiota. Aí se arrepende e enquanto vão se safando assim, aos repelões, exclama-lhe venha, que eu vou levá-lo a um lugar onde há muitos brinquedos, você vai ver. O deficiente lhe dirige um sorriso de confiança e o acompanha, agora sem reagir. Ao atravessarem para a calçada em frente à praça, já as viaturas da polícia se aglomeravam próximo ao local do crime, zunindo suas sirenes. O pivete pede ao outro inutilmente que não fique olhando para trás, que o acompanhe discretamente, assim enveredam por uma rua, depois dobram a primeira esquina, caminham um bocado e podem, então, deter-se, sentar-se à soleira de uma loja que traz a porta abaixada, com um aviso de que o local está para alugar. O pivete segue esperto, confere os transeuntes, tudo ali lhe parece calmo, nenhum policial visível pelas redondezas. Daqui a pouco, diz ao outro, poderemos sair daqui e ir para esse lugar de que lhe falei, primeiro vamos descansar um instante por aqui. O outro está extasiado com a paisagem nova, abisma-se com as pessoas que cruzam à sua frente pela calçada, de quando em quando encara o companheiro que lhe veio revelar aquelas coisas todas e sorri, está encostado a ele com tal proximidade que o constrange. O pivete começa a cogitar que talvez se tenha arrumado um enorme problema para resolver, o outro não fala coisa com coisa e mais cedo ou mais tarde será necessário descobrir onde ele mora, levá-lo de volta à casa. Então lhe diz, sou seu amigo, me entende, seu amigo, mas você vai ter de me dizer algumas coisas para eu poder ajudá-lo. O outro, de repente, o abraça comovido e, para sua surpresa, lhe exclama, amigo, amigo.

2

Pelo menos, você fala, diz-lhe o pivete. Percebe que o outro experimenta um estremecimento e o encara com timidez, embora não se mova. Veja, diz-lhe o pivete, eu também venho sempre à praça, se você quiser podemos dar umas voltas por aí, depois regressamos, é só esperarmos um pouco até tudo se acalmar. O outro não lhe responde, o que o deixa irritado. Aí é que lhe passa pela idéia que o outro, embora deva ter perto da sua idade, é no fundo uma criança pequena, um retardado, haverá de reagir como um bebê, e puxa do bolso um pequeno objeto de madeira que havia esculpido com seu canivete e carregava como um talismã, olhe, diz ao outro, eu fiz isto no outro dia, é um brinquedo, tome, é seu. O deficiente mira aquele objeto com olhos de repente iluminados, pega-o num movimento brusco e começa a manipulá-lo, ergue-o e o examina sob todos os ângulos, depois o segura com firmeza contra o peito, o pivete lhe diz gostou, não é, eu sabia que você ia gostar, fique com ele, é seu. Meu, diz o outro, meu, e abraça o pivete que se põe constrangido, a vigiar os passantes. Então lhe assalta uma suspeita grave. Não podem ficar ali eternamente, nem podem voltar à praça tão cedo, precisam pôr-se em segurança em outra parte. Porque, afinal, estão muito perto de toda a polícia que se deslocou para a área do delito, logo estarão a varejar as cercanias, chegarão até eles inevitavelmente e ele, como se explicaria ele, nos seus andrajos, a levar consigo aquele incapaz vestido em roupas finas, calçado com um par de tênis caríssimo, o que pretenderia ele ao assim proceder, e ele, o que lhes diria, que lhes poderia explicar se nem mesmo ao certo sabia o que estava fazendo? Vamos andando, levantou-se, vamos continuar o nosso passeio. O outro o seguiu imediatamente, havia mesmo um tanto de alegria incontida em seus olhos bestificados.

3

Eu juro que não sei, respondia a enfermeira, entre lágrimas que lhe corriam sem falsidade pelo rosto. Houve um tumulto, uma correria, aqueles tiros, quando eu percebi ele não estava mais lá. O guarda era sua testemunha, o menino estava bem perto deles, divertia-se com os patos no lago da praça, atirava-lhes migalhas, é isso, migalhas de pão, mas, sabem, ele policiava a área, precisou acorrer ao ponto onde a agitação acontecera, de fato nesse instante já o garoto desaparecera, decerto assustara-se com a multidão que se agitava em fuga, foi um tumulto, como ela diz, um verdadeiro tumulto, as pessoas cruzavam em todas as direções à procura de abrigo. Outras testemunhas da cena foram consultadas, em vão. Não, o menino, tal como o descreviam, ninguém se lembrava dele.

4

E esse aí, agora, quem é esse aí, perguntou-lhe a velha, alarmada. Ele passou levando o outro pela mão e embarafustou pelas vielas apertadas, dos barracos surgiam rostos a espiar, intrigados, um dichote ou outro lhes foi atirado ao acaso, alguém aludiu ao par de tênis que o menino envergava. O pivete se limitou a observar não se meta, não é da sua conta, sai fora, enquanto iam caminhando depressa, e sussurrava ao outro, não dê trela para essa gente, é perigoso.

5

Sem dúvida estamos diante de um sequestro, disse o delegado aos pais aflitos. Sabem, os senhores são gente muito rica, tem sido uma imprudência deixar o menino ir tomar sol naquela praça só acompanhado de uma enfermeira que já se viu ser incompetente, em uma situação social como a de vocês no mínimo deviam ter garantido a segurança do pequeno com um ou dois guarda-costas. Mas, o que está feito, está feito, agora é esperar que eles devem ligar, pedindo o resgate.

6

Eu é que trago dinheiro para casa, que mal existe em dar um bife a ele, e a velha se calou diante dessa admoestação do filho. Depois, encorajou-se de novo, perguntou-lhe até quando ia durar aquela situação, ela nem sabia cuidar direito de um menino desses. Ele também não sabia, mas acreditava que logo o outro lhe ia dizer algo mais explícito, uma indicação, por menor que fosse, para que o pudesse devolver à casa dos seus pais. Também ele não queria que a situação perdurasse indefinidamente, mas, como explicar isso à mãe, ela já não gostava ostensivamente daquele coitado. Só sentia, sem atinar bem por qual motivo, que o outro, agora, era responsabilidade sua, ele sinceramente sabia disso, não ia largá-lo no mundo sem mais nem menos. Já varejara os bolsos do outro, já o interrogara com a habilidade que conseguira ter, e nada, absolutamente nada. Ao contrário, às vezes lhe parecia que o outro lhe sonegava o que pudesse saber, só para ir se demorando por ali, parecia gostar dali, o infeliz. Estavam em um daqueles arruamentos irregulares da periferia, as ruelas acanhadas mal permitiam a passagem de um veículo pequeno, a casa era humilde mas limpa. O que havia em quantidade era gente. Ele pôs-se a varejar a rua sem saída em que estavam, uma rabeira de beco por onde escapulira algumas vezes atravessando, por dentro, às carreiras, a última casinhola que a fechava. Esta, nas circunstâncias, era uma hipótese impossível ou muito arriscada de se cogitar. As crianças, de todas as idades, eram ampla maioria fora das casas, com seus brinquedos barulhentos, sua correria para todos os lados, embaralhando a vista de quem as observasse. Menos ele, acostumado e esperto, que num espichar de olho já vislumbrara Argemiro, Gastãozinho Boca Mole, Titinho, mais uns tantos de quem privava e agora morria de medo só de pensar que pudessem vê-lo, virem chamá-lo para alguma empreitada noturna, mesmo só para trocar uma idéia, algo assim. Foi quando disse à mãe que iam recolher-se imediatamente, se alguém viesse à sua procura não estava, não sabia onde tinha ido, que voltasse no dia seguinte e pronto. E esse doente, perguntou a mãe. É justamente por causa dele, ele respondeu e arranjou logo um lugar mais cativo onde se pudessem esconder.

7

Quando se sentaram para comer, a mãe lhe dissera que não se acostumasse mal, pois com uma boca a mais dentro de casa o dinheiro que ele lhe dava não ia bastar. Ele resmungou um não se preocupe e, como ela prosseguisse nos queixumes e naquela ladainha insuportável, fez um gesto que ela já conhecia e aprendera a temer, que era sinal de que ele estava irritado e dele, irritado, tudo se podia esperar, era voz corrente no bairro todo. O copo de água andava pela metade e essa metade, enquanto a mãe falava, foi sendo demoradamente derramada sobre a mesa, arregalando os olhos do menino débil que, se nada entendia do que se estava passando, agora entendia menos. A mãe, não. Compreendeu muitíssimo bem que fora longe demais e calou-se, afinal o filho fazia o que fazia e tinha suas razões para isso, nem sempre cabia a ela saber das razões que o moviam. Quem sabe ele não teria seus planos para aquele menino, e certamente os deveria ter, seu filho era esperto demais. Planos importantes, que os tirassem de uma vez daquele fim de mundo, daquele ambiente onde só grassavam ervas daninhas, conflitos, desgraças, delinquência. Ela sentiu que precisava colaborar, apenas colaborar e isto queria dizer faça o que lhe peço e não dê palpites, ela repentinamente conformou-se, pronto, já ia eu fazendo besteira outra vez, este meu filho é quem sempre precisa me ensinar, não tenho jeito mesmo. Ele, por sua vez, se remoía por ter vindo bater logo ali, mas afinal, para onde poderiam ter ido, no entanto, àquela altura, toda a vizinhança já sabia que ele estava em casa e que trouxera um menino estranho pela mão. Bela encrenca me arrumei, pensava, a mão alisando o revólver que agora se abrigava na cintura, sob a fralda exposta da camisa. O menino era um santo, dormiu logo no cantinho onde se acoitaram e nem um pio para reclamar de nada, parecia até que estava vivenciando uma aventura extremamente nova e empolgante, se é que não estava mesmo. Ele, não, ouvidos atentos, foi lentamente esperando os ruídos da noite desaparecerem, um olho grudado na única porta da casa onde a mãe se aboletara numa cadeira e acompanhava os movimentos da rua. Foi assim que, às tantas, surgiu Argemiro. Nem quis saber se ele estava ou não estava, Argemiro era um torpe, chegou-se como quem não quer nada e foi logo perguntando à sua mãe, quando é que vamos vender a peça, ela fez-se de besta, sabia o que o outro intencionava mas perguntou que peça, que vender, Argemiro sorriu. O garoto não se arrepende de me pôr nessa, a senhora vai ver como ficamos ricos. E ajuntou, ele é bravo mas é novinho, eu sei trabalhar nessas coisas, vamos fazer juntos que dá mais certo. Como veio, Argemiro se foi e ficou claro que aquela era uma noite em que podiam dormir tranquilos, já do dia seguinte em diante não se podia dizer nada. Pronto, pensou ele, de agora para a frente nem mais sair para trabalhar eu posso, senão um merda como Argemiro vem aqui e me leva o moleque.

8

Ele reflete sobre o que está fazendo, só para salvar um menino débil.

9

A mãe toma a iniciativa, mal o sol raiou. Seu Gonçalves, meu filho pediu para eu vir aqui, precisamos que o senhor nos ajude. Ele pediu autorização para eu dizer, quer dizer, que ele tem uma empreitada boa, mas para que dê certo é preciso uma pessoa experiente como o senhor participar, ou ao menos ajudar, orientar, fazer parte de qualquer jeito, mas se o senhor não quiser, não tem importância, que então o senhor nos deixe ao menos espalhar que estamos guardando um menino retardado lá em casa a seu mando. Quero chegar naqueles pestes de Argemiro, Titinho, o senhor conhece eles todos, e poder dizer, não se façam de bestas que esse menino é coisa de seu Gonçalves, meu filho está guardando porque ele lhe pediu. Que o senhor me deixe dizer a eles só assim, que estou lhes abrindo isso para vocês não aporrinharem mais, se seu Gonçalves ficar sabendo que eu contei me mata, ou mata meu filho, e eu entrego vocês no ato.

Duas velhas

O gato de minha avó, quando eu tinha dezessete anos, morreu no porão.

E você gostava desse gato e brincava com ele. Esse foi o único, na verdade você não gosta de gatos, nunca que ia gostar, considera-os bichos falsos. Você gosta é de cachorros, mas esse gato tinha um jeito que não era jeito de gato, era amoroso, esfregava-se nas suas pernas e pedia colo. Então ele a cativou, fez-lhe esquecer a ojeriza que sempre teve por gatos.

Eu agora estou aqui, meus olhos percorrem essas prateleiras encardidas, onde se acumulam caixas, ferragens, utensílios de toda ordem, este lugar que se imobilizou no tempo, e o tempo é algo visível e denso, algo sólido, que se depositou lentamente neste cenário sob a forma dessa poeira escura que agora se levanta e se agita à minha passagem, eu, intrusa, eu, importuna, que venho romper a paz que aqui reinava.

Sua avó deu ao gato o nome de Michel, era o mesmo nome do seu avô, você achou engraçado. Ela lhe explicou que era comum em muitos povos as pessoas homenagearem no nome dos bichos de estimação as pessoas de que mais gostavam. E lhe falava dos cavalos, de sua terra distante e ensolarada, onde os figos eram de mel, as tâmaras desmanchavam na boca, e lhe falava de como os cavalos com certeza terão tido origem por lá, entre os árabes, de como o cavalo era um dos animais a quem muitos povos costumavam dar o nome do melhor amigo, para celebrá-lo. Foi assim que ela lhe contou a razão do gato se chamar Michel, você entendeu porque é que o seu avô até gostava disso.

Nesse tempo eu vinha passar férias com eles, sempre moramos em outra cidade.

Nenhum outro neto vinha, só você, acho que era por isso que você vinha, era tratada como princesa. E você ficava só, não havia crianças com que pudesse brincar nas cercanias, mas você sempre foi meio solitária, meio bicho do mato, mesmo sozinha achava com que se divertir o dia inteiro. A casa de seus avós era grande, ficava em uma rua do centro mas possuía um quintal enorme, com videiras que carregavam e outras árvores frutíferas em que a sua avó a impedia de subir, eram muito altas para você e depois, como ela dizia, as goiabas eram todas bichadas, as laranjas muito ácidas, as frutas daqui não eram como as da sua terra ensolarada e distante. A loja do seu avô ocupava quase toda a frente da casa, mal sobrava a porta de entrada mas, lá dentro, depois de um corredor comprido, a casa se distribuía em um sem número de cômodos, havia umas quatro salas e vários quartos, banheiros em quantidade, uma cozinha imensa.

E essas peças de tecidos empilhadas pelo chão, essas duas araras com roupas penduradas, aqueles amarrados de vassouras e esfregões a um canto, tudo é como se ainda estivesse à espera da freguesia de sempre, não fosse o pó espesso que se esparrama sobre tudo e tudo sepulta nas sombras da antiguidade.

A explicação que sua avó lhe dava era a de que assim que enricaram com o negócio do bazar, que antes ficava em outra rua e era mais modesto, construíram aquela casa e davam muitas festas, assim havia uma sala para os homens ficarem, outra para as mulheres adultas e outra para as crianças, de acordo com o costume dos árabes era assim, e ainda havia uma sala de costura, que em dias de festa não se usava. E havia muitos patrícios seus, naquela cidade, todos muito unidos, visitavam-se e procuravam casar os filhos de uns com os dos outros, só em alguns casos não dera certo, como no caso do seu pai e dos irmãos dele, mas, o que se há de fazer, a juventude é assim mesmo, não tem respeito pelos mais velhos e pela tradição, lamentava-se sua avó.

Mas você é diferente, me dizia a minha avó, eu não compreendia o que ela queria dizer com isso.

Você era uma menina como as outras da sua idade, achava que aquilo tudo eram ranhetices de velha, mas afinal sua avó nem era tão velha assim, naquela época, hoje você se dá conta. E sua avó lhe falava o tempo todo de uma porção de assuntos, contava-lhe casos antigos e lhe ensinava a fazer as coisas que ela fazia, os bordados, as comidas. Quando você lhe perguntava algo que queria saber ela a fitava de um modo esquisito, como se fosse estranho você fazer aquela pergunta ou talvez como se indagasse para si mesma o quanto você poderia compreender da resposta. Você nunca entendeu esse seu jeito, mas ela sempre respondia, depois lhe dava um beijo, lhe acariciava os cabelos e murmurava, Samira, Samira. Por isso é que, quando você voltava das férias, não atinava com a razão pela qual sua mãe lhe fazia um verdadeiro interrogatório e sempre se irritava com as conversas que você lhe relatava, dizia que sua avó não tinha jeito, que era uma mulher antiquada e má, muito egoísta, que não tinha amor pelos filhos, que estava querendo lhe enfiar coisas na cabeça. E sua mãe, infalivelmente, desfiava uma novela inteira de como seu pai havia sido infeliz com aquela mãe, que não quisera o casamento dos dois e havia mesmo feito o impossível para impedi-lo, até falar mal de sua mãe pela vizinhança ela falara.

Mas, isso passava logo. Nas férias seguintes, meu pai tornava a me perguntar se eu queria ir para a casa dos meus avós e eu ia, minha mãe nem reclamava. Eu ia com gosto, adorava ficar ouvindo minha avó falar das coisas dela. Foi assim que uma vez, eu havia completado nove anos, ela me falou do outro Michel.

Sim, foi quando você perguntou à suá avó por que é que os filhos dela, todos, haviam-se mudado para outras cidades. Ela estava sentada na cozinha, tirando o miolo de umas abobrinhas que iria rechear com arroz e carne moída, virou-se para você e disse que isso não era verdade, só três filhos é que se haviam mudado de lá. Você sabia vagamente de outros irmãos de seu pai, era um assunto evitado em sua casa e mesmo na de seus avós, mas ela se ergueu, limpou as mãos no avental e lhe pediu que a seguisse, precisava lhe mostrar uma coisa. Sobre uma cômoda, na sala de costura, estavam duas fotografias em moldura prateada, eram dois rapazes bastante jovens. Você sabe por que é que seu nome é Samira?, ela lhe perguntou. E lhe apontou um dos retratos, eu vi seus olhos umedecerem enquanto ela lhe dizia que aquele era o seu Samir, o primeiro de seus filhos.

E o outro era Michel, que recebera o nome do pai, ela me confidenciou que também amava a esse Michel como amava meu avô.

Mas a vida é muito triste e caprichosa, foi o que ela lhe disse, esses foram os nossos filhos mais queridos, eu sei que esses dois nunca nos teriam abandonado. E ela acentuou, eles morreram, querida, morreram muito moços, mas só morreram, não nos abandonaram. Você tentou lhe dizer que o seu pai não a abandonara, ela lhe retrucou que você não entendia nada dessas coisas porque era ainda muito criança. O que era um tanto verdade. E segurou o retrato de Samir na sua direção, pediu-lhe que o olhasse fixamente. Ela então se abraçou a você e sussurrou ao seu ouvido que era uma reencarnação, uma verdadeira reencarnação, mas com certeza você não sabia o que era isso.

Essa foi a explicação que ela me deu para o meu nome, falou que meu pai só a deixara ver-me quando eu já tinha dois anos completos, que meu pai era muito ruim, e que ela chorara bastante ao me ver pela primeira vez, era como se estivesse revendo o seu Samir, e que chorara ainda mais quando soube que meu pai me dera esse nome, Samira, foi quando eu penso que percebi o que ela queria dizer com aquela história de reencarnação.

Você era muito pequena, já lhe disse, acho que não percebeu nada. Sua avó ainda estava abraçada a você, você apenas sentia o seu hálito morno junto ao seu ouvido, e repentinamente ela começou a falar Samir, Samir, é você que está aqui comigo, Samir. Algo a arre-piou, você não estava percebendo era nada, mesmo, menos ainda o que ela queria dizer com aquilo, achou que devia mudar de assunto, perguntou-lhe do filho Michel, se ela gostava mais dele do que de Samir, não sei o que lhe deu para perguntar uma coisa dessas. Mas ela estava séria, não se aborreceu com essa pergunta, fez-lhe um carinho e lhe disse que não, que gostava de Samir porque se parecia em tudo com ela, e de Michel porque era o pai escrito, mas adorava a ambos, eram os dois seus filhos diletos. E seu pai, seu tio Fares, sua tia Dalila, quis você saber, deles ela não gostava, não os conside-rava seus filhos, foi quando ela a encarou com rispidez e assegurou, são meus filhos, nunca iria renegá-los, porque são meus filhos, mas eles é que não gostam de mim, jamais gostaram.

Eu lembro que comecei a chorar, aquilo me doía, principalmente por meu pai, eu sabia que não era verdade o que ela estava dizendo.

Mas ela se irritou, quase gritava quando lhe disse que o seu Samir, o seu Michel, sempre estavam ao seu lado, seriam incapazes de desapontá-la no que fosse e que mesmo mortos, não se apartavam dali, e chamou Michel, Michel, o gato veio se achegando e ela lhe disse, não está vendo, Samir, Michel também está aqui conosco. Tudo de que você se lembra foi de que a encarou o bastante para perceber que os olhos daquela mulher a trespassavam de uma for-ma estranha e assim, por isso talvez, logo em seguida, se libertou de seus braços e saiu soluçando para o porão da casa, seu esconde-rijo nos brinquedos que inventava, e lá se trancou. Não foi isso?

Foi isso, aquele porão não era sujo como este bazar, nem era tão entulhado de coisas, tantos trastes velhos, tantas bugigangas imprestáveis, não havia essas teias de aranha, essa camada grossa de poeira cobrindo tudo. Aquele porão não me fazia medo.

E, aqui dentro, o que é o medo, para você? As lembranças, são elas que lhe dão medo? É a lembrança de seu avô, que lhe dá medo? O seu avô morreu em um mês de abril já bem distante e é curioso que, das férias que você passou com eles, as lembranças que dele lhe ficaram são ligeiras, ele era uma figura silenciosa e grave, alheia a tudo e a todos, o tempo todo atrás do balcão do bazar de onde só saía para ir em casa comer ou dormir.

Às vezes eu me enfiava por perto, para vê-lo trabalhar, me divertia quando os fregueses o chamavam pelo nome e o gato Michel, no meu colo, levantava as orelhas, intrigado.

Mas ele pouco lhe falava, embora sorrisse à sua aproximação e sempre puxasse uma bala de goma do bolso para você. E essa foi toda a convivência que vocês tiveram, uma convivência onde quase não houve palavras. Dizem que um dia, a sua avó estava preparando o almoço, a campainha da casa tocou e umas pessoas vieram lhe dizer que o seu Michel se sentira mal, fora levado ao pronto-socorro. Ela mal trancou a loja, saiu a pé pela rua, ia desesperada. No dia seguinte vocês estavam todos lá, instalados na casa, seu tio Fares cuidou de todas as formalidades para o funeral. Sua avó, diante de vocês, chorava baixinho, nem se mexia. Alguns vizinhos contaram porém que, na véspera, ela armara um escarcéu danado, precisaram medicá-la. Depois, me recordo que vocês foram ficando por ali ainda mais uns dias, a sua avó não falava com ninguém, recostada em uma poltrona com o gato no regaço, a acarinhá-lo. Caso não houvesse outra pessoa por perto, ela a chamava, Samira, venha cá, mas era sempre breve, o olhar assustado, pedia-lhe que compreendesse, não poderiam conversar na presença de estranhos. E numa noite houve uma reunião na sala maior, você e seus primos a um canto, olhando em silêncio, sua avó, seus pais e seus tios em torno à mesa, junto de um senhor grisalho que lia uns papéis.

O pouco que entendi é que estavam dividindo umas casas, entre si, uns terrenos, e que minha avó continuaria a morar na casa dela, o que achei justo.

E nos anos que se seguiram você continuou a passar as férias com sua avó, mas aí você já estava crescendo depressa, começava a ter outras vontades, não ficava mais satisfeita em estar trancada em casa o tempo todo. O gato Michel estava mais velho, tornara-se vagaroso e tristonho, perdia o pelo por todos os cantos. Sua avó não saía do quarto de costura, não admitia televisão em casa, perdera um pouco a lucidez e a loquacidade, quando lhe dirigia a palavra era para banalidades ou frases sem muito sentido, que você ignorava. Um dia você lhe perguntou por que é que ela não alugava a loja, fechada desde que seu avô morrera. Ela empertigou-se, alcançou a cômoda sem mesmo se levantar de onde estava e fuçou dentro de uma gaveta, de onde tirou um álbum de retratos que a chamou para ver.

Penso que nesse momento é que se deu a revelação de tudo para mim.

Pode ser. De repente, ali estavam a mesma casa, os mesmos personagens, mas era tudo diferente, era outra atmosfera, outra época, e você começou a reconhecer as figuras, tentando adivinhar o que não estava claro, e se demorava nas fotografias, uma após outra. Os seus avós, muito moços mas sempre os mesmos, reconhecíveis em seus traços, ora sós, ora com os filhos, uma vez com

Samir e Michel, depois com todos os demais, aí você se deu conta de que Samir e Michel eram bem mais velhos que os irmãos. A casa engalanada, inúmeras pessoas em roupas elegantes, eram as festas de que sua avó tanto falara, e você lhe perguntou, de repente, por que é que não deram mais festas, eram tão bonitas. Ela não lhe respondeu, mostrou-lhe uma foto de Samir e Michel, juntos, abraçados. Estavam lindos, engravatados, sua avó balbuciou, essa foi a última noite. Você a olhou e quis saber, que noite, vovó, ela então lhe disse, a noite em que vocês se foram.

Voltou a variar, foi o que pensei, e não lhe indaguei mais nada, limitei-me a seguir olhando as fotos do álbum.

Então surgiram os recortes. Eram jornais amarelecidos, jornais que acusavam um conflito no clube da cidade, dois irmãos assassinados por desafetos. Ela estava rígida, em sua poltrona, enquanto você lia sofregamente as notícias que contavam de uma briga de jovens em que um irmão defendera o outro, que havia sido ridicularizado por alguns adolescentes presumivelmente embriagados, que o acusavam de ser efeminado, terminando, os dois, mortos pelos demais.

Ela nem se deu conta de que eu saía do quarto com o álbum nas mãos, estava muda e imóvel na poltrona, imersa talvez em uma profunda peregrinação para dentro de si mesma.

Aí, o gato saltou com dificuldade do seu colo e a seguiu. Você não sabia bem para onde ir, mas precisava rever e rever muitas vezes aquele álbum, examinar cada minúcia da vida que aqueles registros lhe narravam. Quando se viu estava no porão, a pouca luz que havia lhe bastava, você voltou a folhear aquelas páginas e se detinha, ora em Samir, ora em Michel, tentava reconstituir a ligação fraterna entre os dois, eles sempre sorriam, sempre alegres e felizes, ora, como na vida tudo pode precipitar-se em tragédia, de um instante para outro. Então começou a fixar-se na figura de seu avô. Não havia foto em que ele não aparecesse com um riso escancarado, os braços abertos em gestos largos, em uma estava com dois dedos apertando a bochecha de um outro senhor, de grandes bigodes, ambos gargalhavam sem cerimônia alguma. E você se lembrou do velho bazar, do velho atrás do balcão do bazar. Era, também, o seu avô, aquele velho, que mal desenhava um sorriso pálido para você de quando em quando. Quantos anos tinha você, então? Dezessete, acho.

Sim, dezessete, pois no ano seguinte, quando fiz dezoito, já não voltei a passar férias com minha avó.

E naquele dia, você fechou o álbum, curvou a cabeça sobre o colo e ia chorar, não lembro bem por que, mas lhe deu uma vontade de chorar. Em vez disso, levou a mão até a cabeça de Michel, o gato, que estava deitado ao seu lado. Percebeu então que ele estava impassível, já não respirava.

Eu tinha dezessete anos. Michel morreu ao meu lado, no porão.

Eu lembro que a sua avó chamou-a de lado, depois de depositar o corpinho do gato em uma almofada sobre o sofá. Seus cabelos estavam desmanchados em longas mechas cinzentas escorridas, que lhe davam um ar enlouquecido. Você não vai voltar mais, ela lhe disse, eu já sabia que você estava vindo aqui pela última vez quando notei que já não fica satisfeita só em casa, quer sair para a rua, quer conhecer o mundo, você tem razão, é assim mesmo. Mas um dia eu vou partir, e é preciso que você volte. Michel é frágil, você deve cuidar dele, o que será dele sem você? Lembre-se, disse-lhe ela, você tem esse compromisso não é comigo, é com Michel.

Eu não voltei.

Não. Dos dezoito aos vinte e três anos, quando concluiu a faculdade, os seus pais se exasperavam porque você não tinha namorados, não a viam em companhia de rapazes, afligiam-se com seu jeito solitário e reservado. É o meu jeito, você lhes respondia, se um dia acontecer, aconteceu, não vou sair por aí à procura de homens. Mas você é uma moça bonita, dizia o seu pai, deve atrair muitos simpatizantes, você é que não lhes dá possibilidade de se aproximarem, por que não frequenta o nosso clube, não vai a bailes, como todo mundo? Você não saberia explicar-lhes, nunca soube explicar nem para si mesma. Em seus momentos íntimos, com frequência se mortificava por não ter mais tido contato algum com sua avó.

Mas eu ouvia uma voz dentro de mim, uma voz que me atormentava com isso. Comecei a ouvi-la, ela se tornava sempre mais frequente, era uma compulsão para que eu me lembrasse de minha avó.

E você, só sabia dela pelas notícias que lhe vinham, de que seguia na mesma, nunca adoecia, tampouco jamais saía de casa, não visitava, não era visitada. Até que veio a comunicação de sua morte. Haviam-na encontrado reclinada em sua antiga poltrona, na sala de costura, a faxineira que cuidava da limpeza dia sim, dia não, é que achara o corpo já rígido, ela devia ter falecido na antevéspera. Você se recorda de como recebeu a notícia? Estava em seu quarto, examinando uns guardados, pareceu-lhe de repente não estar só, você olhou aflita para a porta fechada. Foi quando bateram.

Quando abri a porta foi como se já soubesse o que iam me contar. Parecia um pesadelo, nós nos preparamos às pressas para a viagem, eu estava confusa. Foi aí que criei coragem pela primeira vez na vida para perguntar a meu pai, e isso me impressiona, por nunca tê-lo feito antes, em que momento se dera a animosidade entre os demais filhos e a mãe deles, já que minha avó, comigo, sempre fora tão boa.

E ele lhe respondeu que era preciso distinguir duas pessoas, seu avô e sua avó, foi o que disse. Com meu pai, disse ele, nunca houve nada. Minha mãe é que não soube perder os filhos. E você lhe perguntou, pai, como é que se aprende a perder os filhos? Não se aprende a perder filhos, respondeu ele, mas sempre se aprende que há outros filhos.

E agora estou aqui, a poeira cobre os meus sapatos, sobe do chão pelas minhas pernas, parece que vai envolver-me como envolveu todas as coisas neste recinto.

Vocês chegaram à casa de sua avó pela tardinha. Vestiam luto, como é de conveniência, mas seus pais e tios se comportavam de maneira rude, que lhe despertou indignação, afinal era a mãe, sogra deles que havia falecido. Seus primos, então, nem vieram. Você percorria os cômodos da casa, seu coração se enchia de uma emoção indescritível. Nem bem me lembro de quando lhe trouxeram a chave, alguém lhe disse, a loja é sua, a sua avó assim determinou, cuidado ao entrar, ela esteve fechada por esses anos todos, desde que seu avô faleceu.

Ouvi a voz de meu pai atrás de mim, vá lá, Samira, depois damos um jeito de alugar ou vender essa loja.

Eu vi você rumar para a porta de ferro, dar a volta à chave e a ajudaram a erguê-la. Só você entrou, a luz que vinha de fora revelou-lhe um amontoado de peças de tecidos envelhecidos, móveis cobertos de poeiras ancestrais, prateleiras de panelas e utensílios domésticos encardidos, gavetas com tampos de vidro sujo que mostravam botões, alfinetes, parafusos e porcas, ferramentas diversas, um mundo de quinquilharias e ali estava, de repente, o balcão com a caixa registradora, um trambolho de metal dourado azinhavrado que todavia mantinha seu ar solene, austero. Talvez pretendesse, em sua imponência, assinalar a próspera atividade que aquele estabelecimento vivera outrora.

Foi exatamente assim. A velha caixa registradora, atrás da qual meu avô se postava, as mercadorias, os equipamentos, era como se tudo se tivesse imobilizado à espera de que ressurgissem os personagens que lhe devolveriam a vida. Ao seu lado, encostando-se a ela com seus dois olhos de vidro a me fitar, o gato Michel, empalhado, é um guardião impossível desse espólio que me aguardava. E aqui estou, mergulhando nessas poeiras do tempo, nesses vestígios do passado que me reclama. Meu pai virou-se para mim, da porta onde mal ousa olhar para dentro, e noto que me diz Samira, já está visto, vamos embora. A sua voz chega aos meus ouvidos como a reverberação de tantos pedidos impossíveis de cumprir que me fizeram pela vida. Eu não lhe respondo, talvez não saiba como dizer-lhe apenas não, pai, eu vou ficar. Mas eu preciso ficar, vou ficar e não respondo a meu pai, ele haverá de perceber que é necessário e é inevitável que seja assim.

Figuras no corredor

Aí está você. Nem muito me perguntarei o que é que você faz aí, nesse corredor. Uma aflição que lhe dá ver-se trancado em um quarto, uma ausência mórbida de sono, um desejo incontrolável de colocar-se onde haja a possibilidade de ver gente, quem sabe esses todos ou outro motivo qualquer. Para mim, basta que você esteja aí, solitário, entregue a uma forma especial de aborrecimento que só os muito desamparados ou infelizes conseguem experimentar. O seu cigarro apagou sozinho, você o recolheu da borda do cinzeiro e puxou dele um gosto frustrante, amargo e gosmento, sem fumaça. Maquinalmente, você acende outro. O quadro que me estampa ainda está aqui, pregado à parede, minha imagem o encara de onde quer que você se posicione. O corredor está vazio e você consulta uma vez mais o relógio. São quase duas da manhã. O livro aberto sobre o colo é um objeto cuja única serventia é a de emprestar-lhe dignidade à figura, um complemento que justifica a sua presença aí, a cismar, entre um copo e um cigarro, nesse corredor vazio. Você deixa o seu olhar vagabundear pelo corredor silencioso, tenta evitar este retrato que, todavia, segue a mirá-lo implacavelmente, você percebe, percebe e se irrita. A sua irritação com Laura, você não esquece, chegara a extremos. Você, na ocasião, achou preferível aceitar o convite, uns tantos dias fora, Laura o acompanhou até o aeroporto. Nenhum beijo de despedida, nada além de um aceno e uma observação rude que você lhe dirigiu, antes de embarcar, agora você estará livre para fazer o que bem entender. Ela apenas sorriu um sorriso de quem sempre pudera fazer o que quisesse, um sorriso amargo que logo se desdobrou em um *rictus* formal de despedida, que mais ainda o irritou e ela então lhe sussurrou com ironia, salve as aparências, meu caro, para o seu próprio bem. Foi quando você percebeu as pessoas em torno, o pretexto para não abraçar-se a Laura eram as duas valises de mão que carregava, e logo já era a última chamada. Ela ainda lhe perguntou em voz alta, você telefona, e você mal respondeu que sim, logo sumia pelo portão de embarque. Na fila do detetor de metais, pouco à sua frente, uma figura que você pensou reconhecer. De onde? Decerto, tomaria o mesmo voo, talvez calhasse de sentar-se ao seu lado. Poderia descobrir de onde a conhecia, quem sabe. Naquele embarque, o seu coração atormentava-se e se enchia de ansiedade e de ódio. Você arrancou um suspiro aflito do seu peito e encarou com rancor a edificação solene e grave do aeroporto. Você, agora, arranca um gole aflito do seu copo e encara este corredor. As portas dos quinze apartamentos do andar se sucedem ao longo deste corredor bastante largo e, em frente às escadas, duas poltronas rotas ladeiam um console insolentemente ornado por um jarrão entupido de flores de pano, um tanto encardidas. Nada denunciaria a presença de outros hóspedes no hotel, não fosse aquele cinzeiro de pedestal, próximo a uma das poltronas, já transbordando de cinzas, pontas de cigarros e papéis de bala. Esse conteúdo você, afastando as flores, despejou discretamente dentro do jarrão e se sentou para ler, beber, fumar. O primeiro cigarro consumiu-se inteiro enquanto os seus olhos ficavam enroscados na mesma linha em que interrompera a leitura na antevéspera. Desde muito jovem você aprendera a distrair as tensões em uma leitura que nada tivesse a ver com o que estivesse fazendo. Um romance policial, um livro de poesias, algo assim, sempre lido aos bocados, nos intervalos dos tormentos que estivesse enfrentando, para afastar-se deles. Estranho que lhe passe isso agora, neste lugar, onde chegou sem dificuldades maiores e de onde partirá algumas horas depois, sem que o espere qualquer aborrecimento em seu destino, disso você tem certeza. E de repente lhe dá de se recordar daquela noite, no acampamento improvisado em um sítio próximo à capital, onde vocês se preparavam para assaltar o trem pagador, dali a uns poucos dias. A ansiedade viera crescendo à medida que a hora culminante se aproximava, mas o que havia para ler eram uns textos de teoria revolucionária, uns manifestos prontos para panfletagem, nada mais. Você chegara a suar de apreensão, o nervosismo aumentava diante daquelas páginas insuportáveis de ler, algo assim como lhe passa agora, mas agora não há motivo, é o que lhe vem à cabeça, só que não consegue ler. O cansaço, será o cansaço, talvez. Não importa, parece-lhe todavia penoso avançar no livro. Como tudo teria acontecido, é o que se pergunta. Nem se pergunta exatamente por que, mas como, e isso tampouco lhe causa estranheza. Você vê Laura, que invade o seu hotel com o mesmo ar inquieto dos últimos tempos, que vislumbra insetos nas menores sombras que se mostram nas paredes, que aspira um mofo que não se percebe no aposento, Laura que vai ruminando a sua insatisfação de estar ali, naquela lonjura, naquela espelunca, naquele fim de mundo, o quanto a aborrece a idéia de passar a noite naquele lugar. Mas, Laura não está, não virá. Ela não viria ao seu encontro, não viria nunca mais, ela sabe, você sabe. Laura já estava farta de você, de todos. A aventura romântica de vocês terminara melancolicamente, e só agora era possível enxergá-la em sua realidade tosca, rude, desconfortável, tal como se lhe tornara a vida. Você abandonara as malas a um canto do quarto, abriu apenas uma valise de onde retirou uma garrafa, maquinalmente lavou um copo e o encheu de gelo até a borda. Depois, ficou a espiar a bebida cair sobre as pedras frias que exsudavam um ligeiro bafio de vapor. Você rodopia, agora, o olhar pelo papel de parede estranhamente bem conservado desta espelunca em que se enfiou, examina os quadros dispersos pelas paredes do corredor e depara com este retrato, mais adiante. Para vê-lo melhor é preciso erguer-se e vir até perto, mas este retrato o atrai irresistivelmente e seus passos são cuidadosos, para não produzirem nenhum ruído que desperte quem quer que seja. Dá-se um perceptível estremecimento em todo o seu corpo, ao ver-me de perto, tanto que o maço de cigarros cai da sua mão e você fica a olhar-me de modo bestificado, como se não lhe fosse possível abaixar-se e recolhê-lo, nunca mais. Imóvel, você está imóvel como esteve naquela tarde, por um longo tempo, diante das incertezas que o aguardavam. Você já passara muitos momentos como agora, sem ameaças de qualquer natureza, a beber só para matar o tempo mas, agora, vá lá saber o que lhe deu, passara a achar que matar o tempo era matar-se um pouco, era jogar a vida fora mais um pouco, enfim, achou que é porque estava ficando velho, com certeza isso. O porteiro noturno fazia as vezes de garçom e trouxera um balde de gelo, deixara-o sobre a mesa com um sorriso cúmplice ao qual você piscou um olho de retribuição, diante de tamanha solidariedade. Ele talvez o entendesse. Ou, quem sabe, não. Quem sabe, nem mesmo você se entendia, naquela hora e naquele lugar, foi a primeira vez que o assaltou um sentimento como aquele, um sentimento onde as suas entranhas se remexiam, como se as lembranças mortas revivessem, mas as lembranças mortas, como os mortos em geral, não podem reviver, é contra a regra natural da existência. E, de repente, ali estava, pousado sobre a parede do corredor, o retrato da moça do aeroporto, ou melhor, o retrato de Letícia, e ela em vez de se encolher, de se intimidar, ela o enfrenta com altivez, com desassombro, com desenvoltura, ela o domina com seu olhar manso de censura, dissimulada víbora. Basta-lhe olhá-lo, não precisa mais do que isso para reduzi-lo a um verme, mas você não é um verme, você fez tudo o que fez, faz tudo o que faz porque foi aprendendo que assim é que devem ser feitas as coisas, assim é que elas podem ser feitas, e uma coisa está amarrada na outra, você não entende, sua idiota, você não é capaz de entender, e ela não é.

Ela não só é incapaz de entender como ainda o desafia, brande-lhe ao rosto convicções remotas, superadas, paixões de um momento romântico da juventude vivida junto, ela é mesmo uma pessoa antiga, parada no tempo, isso é o que ela é, você chega a ter pena, mas o seu destino ficou atrelado ao dela, esse é o seu inferno. E é ela quem ousa perguntar-lhe se você não se envergonha do que é hoje, imagine, do dinheiro que tem hoje, se é possível, ela não compreende que você não é mais um estudante enfezado dando murros inconsequentes na ponta de uma faca, que você é hoje um altíssimo funcionário, capaz de influir como nunca imaginou nos destinos do país? Influir para que, é o que ela lhe indaga, se era para deixar tudo correr como corria que fossem outros, não você, e evidentemente você se desespera, lhe grita Letícia, Letícia, você não percebe que o mundo mudou, que o mundo hoje é outro e que tudo o que fizemos para chegar aonde chegamos fomos todos nós, nós todos que fizemos juntos, não me atire na cara culpas que eu não tenho, ninguém mais faz revolução hoje em dia, o que se faz é o que a realidade permite, e o mundo hoje é um mundo em que as transformações são mais revolucionárias do que nós mesmos pretendíamos, se pudermos influir neste mundo para algum avanço social já estamos fazendo muito, mas Letícia é uma figura do passado, você finalmente se dá conta, Letícia acha indecente o dinheiro que você ganha, a forma como o ganha, acha inútil a sua vida política, inútil e perniciosa, considera você um traidor dos princípios que ambos sempre defenderam, Letícia é uma pessoa que não o compreende e só faz por exasperá-lo, é uma pessoa que está sempre presente mas devia estar morta, você sente que Letícia está sempre morrendo, está morrendo e morrendo, só que nunca está morrendo de vez e afinal por que é que ela não o abandona, que inferno, está sempre morrendo e não o abandona, por fim você percebe isso e estremece de espanto, nunca imaginou que Letícia pudesse morrer assim, morrer sem morrer. E, agora, este corredor. Este retrato que você vê não pode ser de Letícia, é decerto semelhante a Letícia, lembra a foto estampada em preto e branco nos cartazes que se penduravam nos muros, naquela época, apenas se exibe agora em cores vivas, em pinceladas ora suaves, ora ríspidas, que mais acentuam a expressão a um tempo meiga e determinada da moça que tanto lhe lembra Letícia. O que lhe passa pela cabeça neste instante é uma cena no apartamento, aquele aparelho à beira-mar, os companheiros andando irritantemente em círculos, a notícia que não vinha, a imagem de Letícia naquela época era bem nítida, era a imagem da amada em risco, da amada em perigo de morte, e você impotente ali dentro, à espera, não lhe restava senão ficar à espera. E você olha outra vez este retrato de Letícia que não é de Letícia, não pode ser, mas lembra tanto, tanto. Uma vez mais, você se indaga, como tudo terá acontecido, como tudo pode ter acontecido, e então você vê, esse que está ali, perceba, é você, naquele aparelho, você que horas antes embarcara em um avião e agora está ali, devassando a solidão de um retrato. Você verte no copo, automaticamente, mais bebida, deita-lhe umas quatro pedras de gelo ou mais, como é do seu gosto, assim dissolve-se em água a possibilidade da embriaguez. E este retrato encara você, este retrato é como aquele famoso cartaz americano, de onde quer que você o mire ele o olha com firmeza e determinação, ele o convoca, ele o conclama, para qual tarefa ele o deseja, meu Deus, é o que você se pergunta, o que quer de mim agora, Letícia, o que é que você quer de mim. Você enterra a cara no livro que não lê, nem vai ler, tudo o que pretende é fugir do olhar de Letícia, a deste retrato, porque esta, a deste retrato, bem que talvez possa desaparecer de sua frente, basta-lhe refugiar os olhos vacilantes nas páginas indecifráveis desse livro. Tente não se afligir, você se diz, é uma simples figura, esse retrato. Afinal, tudo ou quase são figuras. Mas as figuras são caprichosas, contudo, sempre irão aparecer, algumas desaparecerão e nem se notará o seu sumiço, só que outras nos seguirão para sempre, é assim nas narrativas da vida como nela própria. Os personagens são como as lembranças, surgem, moldam-se, corporificam-se e em algum momento se vão, ou não se vão, de repente ou não, por vezes demoram a desfazer-se na memória até que deixam, finalmente, de existir por completo, como se nunca tivessem feito parte da nossa vida. Outros há que se integram ao nosso cotidiano e não desaparecem, mesmo que o queiramos com todas as forças.

Mas, afinal, do que é que estamos falando, personagens e lembranças andam sempre misturados, raras e pouco significativas são as lembranças que não envolvem personagens. Quando se desmancham em nossa memória, grande e inexplicável é o vazio que deixam. Lembranças ou personagens que morrem são luzes que se apagam, aos poucos vamos mergulhando em uma escuridão solitária. São eles as figuras que compuseram o nosso passado, que, essas sim, terão sido duradouras, pois as do presente em princípio são passageiras, fugazes, não se sabe ainda se irão ficar para sempre ou nos abandonarão na primeira volta da vida. E é sempre assim, quando nos damos conta alguns personagens e lembranças vão se transferindo do nosso presente para um lugar ignoto, podem ter morrido de verdade ou não, pode até ser que os tenhamos banido deliberadamente de nossa memória, fato é que passam a ser mortos, nossos mortos. Você se amofina com essas questões. Mas, afinal, serão mesmo todos esses os nossos mortos, ou quem serão exatamente os nossos mortos, é o que você se pergunta. Você pensa que devemos chamar nossos mortos aos mortos queridos, os que não queríamos que morressem. Não é bem assim, no entanto. Daqueles companheiros de juventude, tantos foram os que morreram de fato mas há outros tantos, e tantos, sumidos no esquecimento ou pela vida, que é como se tivessem morrido. Benê, por exemplo, você adorava Benê, admirava o que ele dizia e como sabia dizer, de um jeito doce e cativante, tudo lhe parecia fruto de uma longa e profunda reflexão, Benê tinha a sabedoria dos mais velhos e no entanto nem completara ainda a maioridade. Você não queria que Benê morresse, mas ele morreu, simularam um atropelamento em pleno centro da cidade, o carro passou por cima do corpo já machucado, talvez inanimado, de Benê e logo sumiu, sem deixar vestígio. Você chorou bastante a morte de Benê. Benê é um dos seus mortos, sem dúvida, mas e o japonês? Aquele japonês irritante, que sussurrava a revolução com ar conspiratório e só falava besteira, aquele mesmo japonês que nunca mais foi visto e que você descobriu sentado na terceira fila do auditório da Associação Comercial, coberto por um terno elegantíssimo, calçado por um par de sapatos de estonteante brilho, aquele japonês de merda que antes de você ter tido a oportunidade de evitá-lo fez que não o reconheceu e desapareceu da sala, aquele também não é um morto na sua história, é o que você precisa se perguntar. Há os que morrem de fato e os que morrem para nós, essa é a verdade. É gente cujo caminho cruzou o nosso algum dia, de quem todavia nos apartamos ou quisemos apartar, que é como se morressem ou nunca tivessem existido. E Letícia, quando foi que Letícia começou a morrer para você? Não, Letícia não, Letícia é de uma outra qualidade de figuras. Letícia sempre foi de esquerda, ela é de esquerda, nunca vai deixar de ser de esquerda, mas o que é hoje a esquerda, santo Deus, depois do muro de Berlim a esquerda não existe mais, isso ela não compreende. Laura era uma doce criatura, paciente, cordata, titular de todas as adjetivações possíveis da passividade feminina, era linda, e daí, era elegante e adequada, mas quantas vezes você preferiria que não fosse, que virasse a mesa de repente sem a menor sombra do seu refinamento intolerável, e não o traísse, que, ao contrário, desse alteração em meio a uma reunião formal, como tantas em que precisaram estar juntos, mas, em compensação, lhe fosse sincera? É ela, por acaso, a mulher que você imaginou ao seu lado? Terá sido, quando você percebeu isso, que Letícia voltou a pertencer ao seu cotidiano aturdido? Letícia jamais teria as atitudes aparentemente convenientes de Laura, jamais, Letícia seria sempre a rebelde, a intempestiva, a inoportuna. Você se voltou uma vez mais para a figura de Letícia, encarou-a neste quadro, ou pensou que a encarava, precisamente porque Letícia é que compunha a imagem de sua companheira ideal, não Laura. Mas você traiu Letícia e Laura o traiu, essa a verdade, ambas lhe eram figuras terrivelmente incômodas, precisamente por isso. No caminho de afastar-se de volta, a distância foi-lhe criando uma espécie de rancor que também subiu de intensidade a cada passo, suas forças bastaram apenas para pegar o maço de cigarros que jazia no corredor e deixá-lo, com o livro e o isqueiro, sobre o console. Daí, foi rumar para o quarto e abrir a porta com brutalidade. Você nem se deu ao trabalho de acender a luz, lavou o copo na pia, capturou outra garrafa dentro da mala, depois saiu, fechou a porta devagar, voltou ao corredor, precisou dar umas pancadas na geleira para desgrudar as pedras que começavam a soldar-se e muniu-se de uma dose tão generosa quanto o copo pudesse suportar. O cigarro que acende agora é entremeado de goles sôfregos e nervosos. E volta a erguer-se e de repente lá está você diante deste quadro outra vez, outra vez fixa intrigado este retrato de uma moça antiga, o semblante iluminado de desafiadoras certezas, um xale de motivos indianos pousado sobre o colo, a cabeleira negra abundante e bem penteada, aí se detém mais demoradamente no canto inferior da tela e repara na assinatura ilegível do pintor e na data. Não é possível, vinte e oito anos antes. Vinte e oito anos antes, Letícia não estava disponível para retratista algum, estava com você, enfiada em uma clandestinidade perigosa. Mas é Letícia, neste retrato, não pode haver semelhança ou coincidência, é Letícia, acode-lhe a certeza. E você acende mais um cigarro, refugia-se na poltrona onde enche o copo até a borda, resolve abrir o livro e retomar a leitura, o que faria um retrato de Letícia neste lugar, que inferno, e por que a data, vinte e oito anos antes, os seus olhos novamente se enroscam na mesma linha onde o livro fala de um homem consumido pela sua própria solidão. Laura sempre teve todos os direitos, menos esse. E, logo com quem. Eu não aturava mais tanto abandono, lhe disse ela, e você a esbofeteou. Mire-se em sua mãe, você lhe gritou, mire-se nela, eu levo uma vida exatamente igual à do seu pai, e ela se limitou a responder, baixinho, minha mãe é uma pobre mulher, você nunca se casaria com uma pobre mulher. E, depois, com a mesma arrogância de sempre, atirou-lhe na cara, ou, pelo menos, nunca se casaria com uma mulher pobre. E você tornou a esbofeteá-la, duas, três vezes seguidas, ela não reagia, apenas o encarava com frieza. Você deixou cair os braços e ameaçou chorar, ela então lhe disse não pare, não pare agora que conseguiu ser homem pelo menos uma vez na vida, não pare e nem chore para que eu não o despreze ainda mais. Dez e meia da noite, a viagem longa, a tensão e o cansaço, talvez se você não tivesse decidido ir para tão longe, isso tudo, quem sabe, é que o enfiou nesta que era a primeira hospedaria próxima ao aeroporto, uma espelunca cheirando a mofo mas, que fazer. Não era a sua idéia inicial, era apenas a melhor solução, nas circunstâncias. Um gole mais, um caco de gelo vem parar na sua boca e você se põe a mastigá-lo. Curiosamente, bate-lhe uma preocupação com segurança, um indesejável temor de que o ruído de vidro sendo trincado possa despertar alguém e por isso surpreende-se, ia mesmo estranhando por que é que lhe viera um receio daqueles, tão estúpido e anacrônico, quando uma porta mais ao fundo do corredor se abre. O homem que sai é magro e alto, como você, só não tem os mesmos cabelos acinzentados e prematuramente menos densos, embora seja, como o seu, o jeito de andar apressado e passa por você sem fitá-lo, nem sequer lhe permite ver o seu rosto, rapidamente ganha as escadas e desaparece. Você repara que, na pressa, ele deixara a sua porta entreaberta, percebe-se pelo vão uma luz mortiça no interior do quarto. Essa cena devolve você para muitos anos atrás, naquele prédio à beira-mar, onde lhe chegara uma mensagem dizendo que era a hora e você abalara assim como aquele homem, pelas escadas, sem ter tido o cuidado de fechar direito a porta, era sair dali o quanto antes, sem uma valise sequer, só os documentos falsos no bolso do paletó de linho bege, lembra-se daquele paletó? e enfiar-se no carro estacionado junto à calçada, o vôo que o levaria ao exílio iria cumprir-se em coisa de uma hora e pouco. E a despedida emocionada, no aeroporto, o companheiro a quem ainda quis devolver o paletó emprestado e que o recusara entre lágrimas, dizendo-lhe que você iria precisar dele, estava frio em Santiago. E estava muito frio, em Santiago, um paletó de linho, vejam só, de nada lhe serviu esse paletó, naquele frio intenso, você se recordou e sorriu. A manhã gelada o recebera numa espécie de aconchego ou refúgio. Queridos amigos, estamos aqui tão longe e nos bate um sentimento de culpa, por estarmos de um modo ou de outro a salvo, mas a certeza de que nossa luta será vitoriosa nos faz alimentar uma fé intensa, queríamos que vocês nos sentissem ao seu lado, ombro a ombro, como antes, como sempre. Vamos vencer, estejam certos, e lutem, lutem, o pouco que pudermos faremos daqui mesmo, pela nossa causa que é justa. Se algum sangue mais for derramado será um pouco o nosso sangue, sangraremos com esse combatente companheiro para que o nosso sangue revolucionário se irmane e ajude a fertilizar a consciência do nosso povo. A lembrança do aparelho de Copacabana lhe traz um mal-estar, quanta bobagem, você pensa, a gente vivia em um mundo irreal, por pouco não arruinei a minha vida. Mesmo assim, você se levanta da poltrona, vai espiar pela porta do quarto entreaberta, maldito impulso que o leva a esse gesto. É muito igual, o mesmo cenário, o mesmo aposento conjugado onde se vêem um aparato de cozinha a um canto, a poltrona-cama e a mesinha de centro que à noite servia de criado-mudo. E aquela mesa redonda rodeada de quatro cadeiras de palhinha, logo em frente à porta do banheiro, onde vocês entupiam cinzeiros em meio a discussões intermináveis de planos de fuga. E ali está você, sentado ao lado do Couto, em frente ao Milton, todos nomes postiços, evidentemente, e esse aí, de costas para a porta, quem é mesmo? O Couto acaricia a barba enfiando-lhe uns dedos compridos, de unhas sujas, e fala aos cochichos. Essa visão lhe dá um arrepio, onde é que vim me meter, é o pensamento que o assalta nesse instante, e você teme que alguém chegue de repente e o veja a vasculhar o aposento alheio, logo você, e se o reconhecerem, nesse receio chega mesmo a imaginar passos no corredor, vira-se alarmado, retrocede quase às carreiras e vai abrigar-se na sua poltrona. É uma coincidência incrível, incrível, primeiro este retrato aqui, depois o quarto tão parecido, a lhe despertar lembranças, você acende um novo cigarro e acaba, de um gole, com o que sobrara de líquido no copo. Aquela gente morreu toda, pensou. Depois se dedica, lentamente, a renovar a carga de bebida e gelo, até acalmar-se um pouco e começar a refletir que, afinal, as coincidências eram a marca da sua vida e que não lhe haviam sido tão desfavoráveis assim, bem ou mal graças a elas você viera superando todas as armadilhas do destino até ali. O corredor lhe parece subitamente frio, deve haver uma corrente de ar que o atravessa trazida pela madrugada. Você se encolhe, como se encolheu ao ver o cartaz pela primeira vez, quando passava pela porta de um banco e ali estava o seu retrato, logo ao lado o retrato de Letícia, você então se encolheu todo, não havia onde esconder o rosto dos passantes, você dobrou a primeira esquina ao acaso, nem era o seu caminho. Ficar agora pensando nessas coisas é uma loucura, que loucura é essa que lhe deu de repente, aqui neste corredor, você traga fundo do cigarro e repousa a cabeça no encosto da poltrona, seus olhos fixam-se no teto em que remendos de cimento revelam reparos já antigos, como cicatrizes. Eu fiquei escravo de uma obsessão maluca, pensa você, nenhum de nós entendia o que era o mundo e perseguíamos uma utopia irrealizável, eu tinha o direito de fazer uma revisão crítica daquilo tudo, entre o mundo da miragem e o mundo real eu tinha o direito de optar pelo mundo real, hoje em dia não sou mais um revolucionário, claro, acho mesmo que não, acho até que nunca fui. Letícia finalmente se dirige a você, só lhe digo o seguinte, companheiro. Você me traiu, nós nunca admitimos traição entre nós. Não admita a traição dessa mulher. Você virou-lhe um olhar estarrecido, Letícia seguia serena em seu retrato mas pela primeira vez aludia à sua traição, como podia fazê-lo,

ela não sabia de nada, ninguém sabia de nada, e você quis dizer-
lhe algo em voz bem alta, algo como não é verdade, eu não traí
você, mas ela já silenciara. Então você vê policiais que entram
pelo corredor e vão em direção à porta entreaberta do quarto de
onde aquele homem saiu há pouco, são policiais que não o percebem em sua poltrona nem se dirigem a você, não lhe fazem perguntas que seriam embaraçosas, com certeza. Você está rígido,
não saberia o que lhes dizer, se a polícia lhe está no encalço aquele homem será decerto um perseguido, mesmo assim sente que
não poderá colocá-los na esteira do sujeito que partiu, não sabe
por qual motivo pois quem sabe ele é de fato um criminoso, mas
sente que não pode traí-lo, você foi treinado para não entregar
ninguém, lembra? Foi a porta que ficou aberta, durante anos
você pensou e repensou, só pode ter sido. Não foi uma traição,
você se remói, foi um erro, só um erro. Mas erros, erros não eram
admitidos, nem podiam ser. Ninguém sabia nem jamais saberia,
porém, esse era um segredo, essa era uma vergonha só sua, uma
culpa terrível que você teria de carregar sozinho, até o fim dos
seus dias. Por que é que eu fiz isso, você se indaga. E você fica aí,
preso à sua poltrona, atormentado. Da parede, este retrato o encara com a mesma placidez de sempre, a luz baça ainda vaza da
porta do quarto de onde partiu o fugitivo há pouco. Os policiais
partem, finalmente, aparentemente deixaram como estava o
quarto do homem que fugiu e é para lá que você tem o impulso
de dirigir-se, uma vez mais. A porta ficara entreaberta, como antes, mas você teme aproximar o rosto para olhar para dentro,
então estanca, as pernas vacilam e você retrocede até que o am-
pare a parede fronteira. A chave estava ainda lá, pendurada do
lado de dentro da fechadura. Em pouco, irá aparecer o zelador,
informante da polícia política, irá chamar a repressão que cuida-
rá de esperar. E logo irão chegar os companheiros para cair na
armadilha, esses companheiros que os seus olhos ainda aturdi-
dos não querem contemplar através da porta, a cena horripilante

desses companheiros que já agora estão lá, como sempre estiveram e sempre estarão, os corpos prostrados, ensanguentados, desfigurados de Milton, do Couto e de Letícia, no chão despojado daquele aparelho de Copacabana. Não, Letícia, você precisa desaparecer de uma vez, como já devia ter desaparecido há muito tempo, você se tornou o meu último laço com um passado que eu apaguei, é o que você murmura para ela, eu preciso ficar livre finalmente, não quero ter nunca mais o passado que você representa me perseguindo como persegue. Você já sabe que eu cometi um erro imperdoável, que a traí, traí os companheiros, que merda, Letícia, eu não queria que você morresse. Seus passos recuam, vacilantes, pelo corredor, você quer derrubar-se uma vez mais naquela poltrona. Dali, você fica a espiar ainda aquela porta e, finalmente, percebe-se abrindo-a, deixando a chave do lado de dentro e batendo-a, para trancafiar em um armário da memória uma lembrança que precisava morrer em breve, que levasse consigo os derradeiros vestígios de tudo o que você repeliu do seu passado e que nunca mais pudessem persegui-lo, nunca mais, mas, nesse instante, a voz de Letícia neste retrato da parede lhe pede, vamos, já não há o que fazer por aqui, vamos embora. Você então vai buscar seus pertences no quarto, vamos embora para onde, Letícia, é uma indagação que você não se responde, não consegue responder, você apenas recolhe a bagagem toda, desce as escadas como um sonâmbulo, inspira a aragem úmida da madrugada, entra no primeiro táxi e parte, não sabe bem para onde, mas é preciso partir para qualquer lugar.

Vera

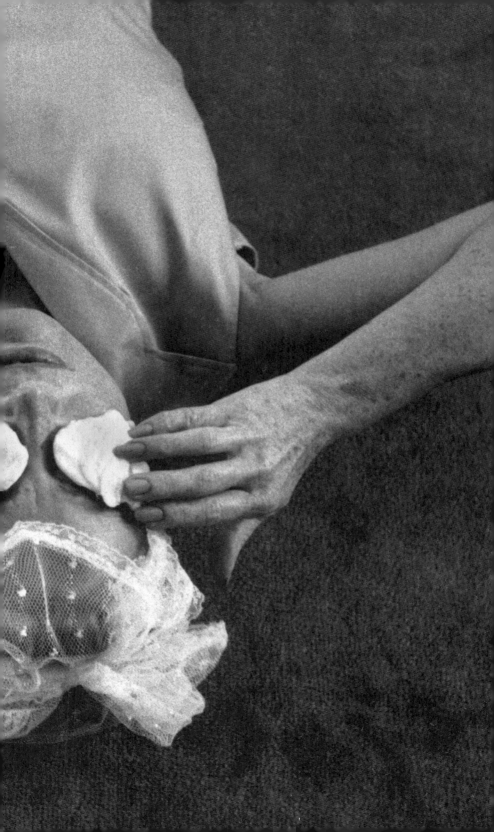

Aí está o corpo de Vera, o belo corpo de Vera sendo carregado por mãos tão grosseiras quanto inamistosas; o corpo bem feito de Vera sendo resgatado das águas rubras, retirado dessa banheira onde jazia e sendo logo coberto por um lençol para que sua esplêndida nudez se oculte para sempre, e assim ser posto em um carro estropiado, indigno da altivez aristocrática de Vera, que a conduza a um lugar onde vá enrijecer-se antes pelo frio que pelas contingências inevitáveis da morte; as lindas e delicadas mãos de Vera espalmadas, exibindo nos pulsos delgados as fendas que reclamam mostrar o que lhe passou e que, todavia, vão sendo atadas por tiras rústicas de gaze e os braços, pálidos e docemente, se estiram junto às coxas macias de Vera. Vera, a mulher de sua vida. A mulher que você amou acima de tudo, de qualquer coisa, acima de si próprio e para quem nunca ousou — esta é a palavra, não? — dizer que a amava. Não assim, com todas as letras. Mas um dia casaram-se, ou seria melhor dizer, Vera casou-se com você. E você pensa que nunca se perguntou por que Vera está se casando comigo, que viu em mim para se casar comigo? Pensa, porque secretamente sim, sempre se perguntou, nunca porém o fez ao espelho, direta, frontalmente. Nunca. Tinha o que, medo da resposta? Você endeusava Vera, não que ela não merecesse. A verdade é que um dia Vera quis, porque quis, unir-se a você e você nem mesmo se perguntou por que, tão deslumbrado estava. E, de repente, já não é mais esta noite. De repente, é aquela tarde de janeiro, o bar, a praça em frente. Ali está você, o seu olhar atravessa a vidraça do bar e se lança a esmo pela vastidão da paisagem. Nesse dia, talvez, você nem se dê conta do que lhe irá suceder, simplesmente olha a paisagem da cidade se transtornando, na iminência da intempérie. Uma intempérie que se atravessará de tal modo em seu caminho, que varejará o seu espírito com tal brutalidade que nem os ventos mais turbulentos, nem as borrascas mais avassaladoras, nem os raios e trovões mais abismantes poderiam conseguir, uma intempérie menos do tempo e mais da alma, a tormenta de todos os sentimentos que o varreram algum dia. A vidraça se embaçando do hálito morno que todos exalavam, naquele bar, àquela hora tardia, ali escondidos como bichos na toca, diante das incertezas da vida e do clima. Assim foi, assim é, ainda o vejo. E lá está você, o seu olhar vagando pela extensão da calçada, pela amplidão da praça, adivinhando os passos dos que se apressam para buscar abrigo, quando a primeira troada já soa, tenebrosa. Aquele bar era um refúgio seguro para a sua ânsia de solidão, apesar da familiaridade com que tantos o reconheciam e lhe acenavam polidamente à distância. Alguns eram rostos antigos, de identidade imprecisa, outros eram figuras que o conheciam do cotidiano mesmo daquele bar. Raras foram as ocasiões, porém, em que o abordaram e lhe tiraram o sossego, ali dentro. Isto, vá saber por que, era um mistério a mais e não lhe cumpria desvendá-lo, apenas usufruía desse fato. Já se interrogara a respeito, muitas vezes, e só se aventurava a especular sobre as possíveis razões que ditavam tal possibilidade de recolhimento em um lugar público como aquele quando rodeava o olhar pelo ambiente e reparava que, melhor percebidas, ali só vinham bater com os costados pessoas que, como você, buscavam o sossego de um canto isolado do mundo, sós ou acompanhadas, não importava isso, era um bar que se agitava na hora do almoço, mas depois se aquietava, suas luzes se amorteciam, o seu público mudava e só o procuravam os que queriam paz, e eram tantos que logo lotavam o estabelecimento, ocupavam todas as mesas, não deixavam lugar para os importunos. Uma delas era a sua, sempre ao lado daquela janela, guardavam-na com devoção à sua espera e só a liberavam se você convincentemente não viesse, o que não ocorria senão em caso de força maior, decerto. E você vinha sempre só, nunca o acompanharam nessa expedição os inúmeros companheiros que infestavam o seu ambiente de trabalho, mesmo os que até o bajulavam de maneira insuportável a todo momento, não, esses lá ficavam, a cuidar dos seus afazeres, enquanto você se retirava para o seu sagrado retiro, o que se dava, segundo sua consideração, sempre a desoras, sempre depois de dizer para si mesmo que agora já basta, que agora é preciso ir beber alguma coisa, que quem quiser que espere, que isto, que aquilo, e você saía finalmente, anunciando um regresso que poderia demorar para ocorrer, que se danasse o serviço, esse era o seu único momento na vida, o resto do seu tempo não lhe pertencia, fosse a que instante fosse, pela manhã, que começava cedo e se espichava até tais horas, fosse pela noite adentro. E você sorria, ao lembrar que diante de propostas para almoços de negócios a própria secretária já se encarrega de dizer não, o doutor já tem compromisso, não é possível marcar reuniões nesse horário. É uma rotina que conquistei, você pensa, aí sentado. E é. Uma boa rotina, é o que pensa. E é. Uma boa rotina. A única que lhe pertence. Pena que, vez ou outra, seu sossego seja quebrado pela cumplicidade odiosa com que o garçom lhe vem dizer, pronto, doutor, sua senhora já telefonou, ela só queria saber se o senhor estava aqui e a que horas voltaria para casa, eu lhe disse o mesmo de sempre. Nem sei por que, numa espécie de ritual, você ainda insiste, mas ela não quis falar comigo? E o garçom triunfante lhe retruca inexoravelmente, não, ela ficou satisfeita com a minha resposta, como sempre disse que marcou um compromisso e se o senhor não chegar em casa até às sete irá só, para o senhor não se preocupar. Em tais momentos, afinal sempre são quase sete, você se serve de mais uma dose, de outra, chega a exagerar na bebida, vai ficando por ali, até que se deixe vencer pelo cansaço e volte ao escritório, ao encontro dos trabalhos que o aborrecem, das decisões complicadas e atormentantes, das entrevistas que o martirizam, dos telefonemas que reclamam a sua presença em reuniões de negócios entediantes, mas, que se há de fazer, essa é a sua vida, a vida que você quis, que você preferiu entre todas as alternativas de que dispunha, sim, você é de um tempo em que havia alternativas. Azar seu. E outra vez você estava ali, a olhar pela vidraça daquele bar. Nova troada ecoou desde muito longe, logo o aguaceiro começaria a despencar. Nunca se viram dias tão chuvosos como naquele verão, eram nuvens encardidas que se avolumavam de repente no céu e o dia se punha escuro, os ventos varriam de toda parte, levantando as imundícies que se acumulavam no calçamento. Este é um dia em que fatalmente Vera irá telefonar, pensou você, o garçom pode chegar-se e abrir aquele sorriso odioso para você a qualquer instante. Mas ela se demorava, talvez nem mesmo ligasse, Vera era imprevisível. Faltava menos de um quarto para as cinco da tarde, desde muito antes você havia entendido que o trabalho que lhe restasse a fazer iria inquestionavelmente ficar para o dia seguinte. Não conseguiria chegar ao escritório antes da chuva e nem valia a pena tentar, auxiliares se encarregariam de engavetar os papéis de despachos, cancelar as audiências, despedir os visitantes e fechá-lo quando fossem horas; se lhe ocorresse voltar você toparia com a impassibilidade daquela porta trancada, inútil reabri-la. Não venha maldizer o costume de demorar-se nesse bar até tarde, todos os dias, porque para isso sempre houve a desculpa de que antes das três o movimento é de uma intensidade absurda, não só o serviço fica atrapalhado como talvez você precisasse disputar com estranhos a mesa junto à janela, onde gostava de se instalar, por mais reservada que estivesse. Na verdade, agora fica pensando nessas coisas todas porque julga pertinente e também para lhe apaziguar o espírito, pois foi só quando sentiu a alma mais leve que pediu ao garçom para reabrir a conta e trazer-lhe mais bebida. No princípio fora uma empreitada difícil convencer aquele garçom, e só aquele, a despistar Vera quando ela telefonasse, sim senhora, o doutor está aqui mas partilha a mesa com uns senhores que nunca vi, devem estar cuidando de negócios, geralmente é o que o doutor faz, traz seus clientes para ficarem mais à vontade por aqui, não senhora, não está bebendo muito, estão conversando, não sei se devo interrompê-los, parece ser importante, sim, dou sim, dou seu recado, pode ficar descansada, e pronto. Estava feito. Com o tempo, o garçom talvez nem precisasse repetir a história toda, vá saber, Vera

era assim, revelava cuidados com você quando menos se podia esperar, habitualmente lhe dispensava a indiferença mais atormentante, que o devastava por dentro. Talvez ela nunca descobrisse o quanto você a amava, isto agora já não importa, verdade é que há anos cada qual vivia uma vida à parte, só dividiam a casa, era tudo. Talvez a intempérie que arrasava o final da tarde, vá saber, mas um sentimento brusco nasceu dentro de sua alma e o fez estremecer de espanto, de repente você se deu conta, era preciso eliminar Vera, era preciso, e pronto. E assim você voltou a olhar a paisagem lá fora, o trânsito estranhamente estava fluindo de maneira normal, as luzes se haviam acendido, só não começara ainda a chover. Você sorri, logo iria chover, no entanto, e logo Vera iria ligar, eram acontecimentos que costumavam ocorrer simultaneamente, como se fosse prazeroso para Vera marcar compromissos sociais para os dias de chuva, algo assim. Naquela tarde não seria diferente, você até imagina a cena. Vera não se importa de ir só aos lugares. Vai ver já telefonou para o bar, já sabe que mais uma vez não contará com a sua companhia. Você se estranha, vacila, que estará ocorrendo comigo, mas a verdade é que um sentimento muito forte se apossa da sua vontade, como se uma revelação qualquer chegasse ao seu conhecimento, decerto fruto de um espanto fatal, você percebe que quer, sim, quer eliminar Vera. Não dos sentimentos que tem por ela, impossível, não da sua vida, é pouco, não bastaria, era preciso eliminar Vera do universo, como se nunca tivesse existido, tarefa inimaginável. Seus olhos marejam enquanto esse pensamento vai se alastrando em seu espírito, como o mau tempo que varre o mundo lá fora. A cena se abre, então, através das lágrimas que lhe vão brotando. Lentamente, Vera enche a banheira de uma água morna e se despe, prepara um banho. Ou, teria sido diferente? Imóvel, você está imóvel naquela tarde, por um longo tempo, diante da vidraça do bar. Logo, porém, já se põe entretido com uma ferida que lhe aparecera na mão esquerda, um pequeno corte já com sua casca mas coçava irritantemente,

enxuga os olhos, esquece-se até do mau tempo, entre uma beberi-
cada e outra só se ensimesma com as aparentes contradições que
levavam ao desperdício da sua vida, inquietação que o atormentava ultimamente e de que aquela tarde, em que se via à toa, retido
inapelavelmente no bar, era um exemplo candente e desagradável.
Como você esperava, de repente ali estava o garçom, não era, porém, o de costume que lhe vinha dizer, não, era algo muito grave,
urgia que fosse encontrar Vera, a conta é acertada em dois tempos, você abala pela porta com aflição. E ali está você. Você prepara, delicadamente, um uísque para Vera. Derrama a dose com o
cuidado de indagar se está bastante, ela olha de relance e diz que
sim. Você lhe explica que, infelizmente, não irá beber porque precisa partir em seguida, é um negócio importante que irá fechar,
em pouco precisará estar no seu destino, ela sorri e se limita a lhe
pedir que não relembre essa informação, basta-lhe a sua promessa
de que em poucos dias esteja de volta. Você lhe diz que sim, que
todavia estará de volta, e vai até o banheiro, abre as torneiras e
espera que a água chegue à temperatura adequada, deixa a banheira encher-se lentamente. Vera aparece, vem do quarto onde
começou a arrumar as malas e lhe pergunta para que isso, você
lhe responde, estou preparando um banho como você gosta. Vera
sorri, pega o copo que está sobre a pia e prova o uísque para lhe
dizer, em seguida, que deixe de demagogia, que deixe de falsidade, que se for banhar-se ela saberá muito bem preparar o seu banho, que você vá embora de uma vez, se é o que pretende fazer.
Mas você não aceita a provocação de Vera, não, simplesmente dei-
xa-a falar, e ela fala, e bebe mais do uísque que você lhe preparou,
e fala, e fala, e bebe, até que começa a enrolar a língua, Vera, e
não entende por que, está ficando ébria, é isso, e lhe diz que está
ficando ébria, você sorri, sorri enigmaticamente, Vera não compreende o seu sorriso, você apenas lhe pede, venha, Vera, dispa-se,
venha tomar o seu banho. Poderia, então, ter sido assim? Seu rosto
se contrai, como se uma erupção muito maior que um pranto lhe

fosse aflorar da garganta, talvez um grito, um grito vindo de muito longe dentro de sua alma, a lhe sacudir para que entenda que não, não poderia ter sido assim. Você não poderia estar em casa, sua casa não tem uma banheira, Vera tinha nojo de banhar-se em água parada, compreende que não está em sua casa, afinal? E repentinamente um dos policiais o reconhece, doutor, revela um certo acanhamento ao lhe dizer que já soube do acontecido, que expressa seus sentimentos, você experimenta um enorme alívio e lhe diz boa noite, senhor delegado, muito obrigado, ele responde que não é um delegado, é o comissário Freitas, do distrito policial dali perto, que tem uma grande honra em vê-lo, pena as dolorosas circunstâncias. Você assente com ar desolado, sim, pena. Se não se importar, doutor, devemos ir à delegacia, há formalidades a cumprir, o senhor entende. E o senhor nunca suspeitou, lhe perguntou o delegado, e você lhe estendeu um olhar de desalento, os braços pendiam soltos e inúteis, ele se limitou a lhe pedir desculpas, eram perguntas obrigatórias mas formais. Nunca, balbuciou você, nunca pude imaginar uma coisa dessas. É preciso força, doutor, de nossa parte procuraremos tratar do caso com a discrição possível, mas a imprensa, o senhor sabe. É inevitável, você murmurou, como que perguntando. É inevitável, ele lhe respondeu. Mesmo assim, senhor delegado, você lhe pedia quase em súplica, procure esconder os antecedentes que o senhor descobriu. O senhor me ofende, doutor, ele arregalou-lhe os olhos. Não é só a sua reputação, mas a reputação da morta que precisamos preservar, sobre o que já tranquilizei o doutor seu sogro quando aqui esteve, os motivos que ela tivesse para fazer o que fez ficam rigorosamente entre nós. E, ajuntou, decerto um momento de depressão, doutor, decerto isso, quem não os tem, nos nossos dias? Por tudo isto vamos abreviar o encerramento deste inquérito, já resolvi esta questão com o doutor seu sogro. Você afastava o olhar para além da janela, era insuportável continuar a recordar Vera naquele bar, a tarde lhe parecia repentinamente mais ameaçadora ali dentro, com a lembrança de Vera, que nas tormentas da intempérie que se precipitava lá fora. Então, quando preparasse um uísque para Vera, você derramaria no copo o conteúdo daquele frasco, iria assistí-la beber e lhe falaria os disparates que conseguisse, sem parar, até que ela vacilasse e nem mesmo lhe respondesse mais. Poderia ter sido assim, então? E enquanto ela se embriagasse até adormecer profundamente você é que se poria a encher a banheira. Depois você é que iria despir Vera cuidadosamente, lavar o copo e tornar a colocar gelo e um tanto de uísque, molhar os lábios agora empalidecidos de Vera com a bebida e deixar o copo na borda da banheira. Depois, iria carregar o corpo desfalecido de Vera, com cuidado, e depositá-lo na banheira. A gilete cortaria os pulsos de Vera já imersos na água morna, esta se tingiria de medusas rubras que se poriam a nadar, a desmanchar em movimentos delicados, a se dissolver, dois dedos de Vera ainda a prenderiam, frouxos, quando a mão escorregasse para o fundo. Você se lavaria na pia, enxugar-se-ia e conferiria tudo minuciosamente, logo iria bater a porta atrás de si, a chave pendurada do lado de dentro. Já se sabe que assim não foi, no entanto, assim não poderia jamais ter sido, Vera não lhe deixara nem deixaria sequer a prerrogativa, que você acreditara ser sua, de colocar um ponto final naquela história que tanto o fez sofrer, que tanto o dilacerou e que agora terminava dessa maneira brusca, rude, e os policiais a lhe dizerem, doutor, o senhor pode recolher os pertences da vítima, não serão necessários para o inquérito. Você agiria sem emoção, Vera talvez o tivesse amado, quem sabe, mas estava morta, você a amara e também estava morto, há tanto tempo, é o que você iria pensando enquanto se movesse pelo chalé, foi assim, então? Os policiais o acompanham, você então vai buscar os pertences no quarto, e agora, que valises são essas, ao lado das dela, que valises mal desfeitas são essas junto às valises que Vera deixou naquele chalé, e por que estão aí essas valises, encostadas às dela, é o que você se pergunta e nunca desejará responder.

As maravilhas

1

Você, por exemplo. Daí de onde fica, a espiar, nada além de espiar, que histórias teria para contar a quem quer que seja? Tudo de que dispõe, vá saber se interessa a alguém, são os fragmentos de cenas que vê transcorrer debaixo dessa sua janela, um ou outro episódio que presencia quando sai a passeio, mais nada. É pouco, dirá um, é nada, dirá outro, mas é o seu tudo, o tudo que pode apreender da vida, quem sabe ela não ensine o suficiente, com essas migalhas de acontecimentos que lhe oferece. E, afinal, nem tudo na vida são enredos. A vida às vezes é feita apenas de momentos, de lampejos, de fulgurações, não de histórias, menos ainda de histórias que se narrem. Então, você fique aí, quieto. Instale-se nessa poltrona de sempre. Observe, como sempre. A janela está com seus vidros abaixados, é através deles que lhe chegará a paisagem de todos os dias, a mesma rua movimentada, a praça ao lado, esse conjunto de edifícios uns colados aos outros, dentre eles, o prédio em frente. A parede do prédio em frente é amarela e suja. As janelas do prédio em frente estão entreabertas, umas, fechadas, outras, e se alguém houver, no prédio em frente, estará postado a espiar entre as venezianas, em segredo, pois nada mais se vê, ninguém se vê, no prédio em frente. Dessa sua poltrona posta a um canto — só, como sempre e como nunca esteve e mudo, como sempre conveio, sempre convém — olhe a paisagem, mais larga e mais ampla do que o prédio em frente. Mesmo a sua janela, com os vidros abaixados, é a um tempo bloqueio e passagem, é distanciamento e comunicação com o exterior. Há passantes, na rua, na praça mais adiante, pessoas e cachorros, de variadas extrações todos eles, todos parecendo indiferentes uns aos outros, cada qual seguindo os caminhos que a vida lhes impõe, apressados uns, vagarosos outros. Todos porém se movimentam incessantemente, sempre estão indo em direção a alguma coisa ou a algum lugar. Minto. Há um que lhe chama a atenção. Esse pequenino, estropiado, largado ali, rente ao muro, ao lado da loja de discos. Esse está parado, daí você imagina até que ele dorme, não se percebe direito, pode-se supor que dorme. É um tipo que todos conhecem, ou devem conhecer, já todos toparam com ele por aí, mas decerto que não repararam muito, ninguém repara nele, ninguém repara quase em nada. Então penso que se deve apresentá-lo, mas é estranho apresentar-se alguém que é conhecido. Têm-no à conta de vadio, deve ser mesmo. Costuma vasculhar os sacos de lixo, à cata de alimento ou outra coisa que lhe sirva. Quem sabe por isso é magro e estrepado desse jeito, nem se adivinha mais a sua idade. O que pode nele ter havido de pele, os pelos que deve ter tido pelo corpo, tudo recoberto por uma sujeira grossa que mais parece uma couraça rude, pardacenta, já não se notam, ainda bem. Senão, seriam tão maltratados e lastimáveis como o dono, uma figura triste e indiferente à maldade alheia. Olhem agora, como o funcionário da loja de discos vem enxotá-lo dali, qual razão lhe ocorreria para isso a não ser a eventual suposição de que é ele a causa do baixo movimento do seu comércio, talvez de todo o comércio, logo ele, para quem o comércio é em si uma noção incompreensível. E, vejam, ele reage de maneira deplorável, finalmente seus olhos estão abertos e se voltam para aquele que o expulsa de seu lugar com uma expressão de tristeza. De tristeza, sim, mas por ser de tristeza é também a expressão de quem vê no outro o direito de assim proceder, só que, ora essa, ele está na rua, não na casa do outro, que direito tem esse outro sobre a rua, a rua, que se saiba, pertence a todos ou não pertence a ninguém. Essa cena conseguiu revoltar você, tirou-o do seu torpor e já lhe arranca da garganta um urro abafado de enfurecimento, você só não se lança ao pescoço do sujeito vil porque sabe da altura que dele o separa, saltar daí será um suicídio inútil, mas essa compreensão só o agita ainda mais, você se sente impotente diante desse acontecimento vergonhoso. E presencia o coitadinho afastar-se, sempre os olhos tristes postos no algoz que o baniu do seu repouso. Mas você fica a cismar que, ao fim das contas, aquele canalha fez ao outro um gesto que, boçal que fosse, foi um gesto. Afinal ele o notou, deu-lhe importância, mostrou-lhe que, bem ou mal, ele existia, isso vale. Talvez por esse motivo é que o pequenino parte sem uma reação sequer de protesto, de rebeldia, como rebelar-se contra quem nos destina um gesto que mostra que ainda temos alguma dignidade, mesmo torta a dignidade ou torto o gesto. O pobre tipo já vai virando a esquina, em você vai-se recobrando a calma aborrecida com que se deixa estar nessa poltrona, o prédio sujo se agiganta diante de si, o sol ainda bate em suas paredes encardidas.

2

Já o desocupado José Aparecido da Silva está ali mesmo onde sempre costuma estar, abraçado a um poste, apreciando o movimento. Aparecido é só e triste, sempre só e sempre triste, vive agarrado a postes e árvores que abraça com ternura, talvez lhe faça falta abraçar-se a alguém ou alguma coisa, seja ela animada ou inanimada, pouco importa. E, dali, passa horas inteiras a observar. Para Aparecido a vida tem sido sempre essa, desde que se viu, um dia assim, sem mais esta nem aquela, despedido de um emprego de quase vinte anos, logo a seguir despojado do mínimo de família que possuía, ao final despejado do quarto e sala em que morava. Aparecido é entrado em anos, tantos que nem mais faz conta. Perambula também de dia, mas de dia dorme quase a maior parte do tempo, é mesmo à noite que se põe a andar pela cidade. Algum resto de escassas economias, sobras do longo tratamento da mulher, mal deram para as dívidas. E trabalho, bem, ninguém, que se saiba, dá trabalho a velho por aí. Mendiga, então, o quanto sabe e, disso, nada sabe, nunca foi de seu natural mendigar, até estranha quando lhe atiram alguma coisa. Toca a sua vida do jeito que consegue e nem se diga que vive de refletir ou recordar. A sua memória não ajuda muito, tampouco ele consegue entender direito as coisas. Que mal existe, porém, se ele quase não compreende patavina do que lhe dizem. Aparecido, vejam, é levado à conta de insano, vive há alguns anos largado pelas calçadas, nem mesmo mantém um lugar fixo onde se instale, circula todo o tempo e as pessoas se esquivam, os cachorros nem latem mais, mas já latiram muito para ele, todos, contudo, indistintamente, o evitam com receio explícito, Aparecido é tido por louco e imprevisível. Mas Aparecido sabe que não é nada disso, ele não incomoda ninguém, nem sequer é dado à bebida e quando se alimenta é geralmente pela piedade de uma senhora que também pratica sua mendicância mas com maior sucesso, na praça onde Aparecido está agora, agarrado ao poste, como poderia estar recostado a uma árvore, a espiar o que se passa em volta. Aparecido sabe que ele talvez seja um tanto diferente dos demais, que os demais perceberam isso, mas lhe soa injusto quando alguém o chama de louco com sarcasmo ou desprezo, sobretudo esses pivetes que andam por aí, que nada sabem da vida e já são abusados como gente grande. Cada um, é o que Aparecido pensa, traz em si suas peculiaridades, suas idiossincrasias, uma forma toda sua de ser, assim como todos possuem uma espécie de extravagância particular, uma forma que até se diria de insanidade e que é só sua, cuja singularidade se deve à extraordinária capacidade dos demais em serem dotados, também eles, das modalidades mais complexas e diversificadas de, por que não dizer, demência. É o que pensa Aparecido, e pensa que são todos tão diferentes e tão parecidos, afinal, mas verdade é que devem ser todos loucos, de um jeito ou de outro. Os comportamentos acabam sendo muito parelhos, Aparecido observa em torno e assim percebe, percebe que todos são o que se chamaria de normais, se tomados em si mesmos, mas, é isso no que repara Aparecido, vejam que há pessoas que usam chapéu, outras não, umas carregam guarda-chuva, outras detestam esse utensílio, tudo isso é considerado normal, só que uma pessoa como essa aí, na esquina, em pleno dia de sol causticante, de chapéu de feltro de modelo antigo e guarda-chuva pendurado no braço, que estará fazendo senão exibir sua loucura pessoal aos demais? Repare, e Aparecido sorri ao reparar, já se põem cachorros à sua volta e latem para ele. Isso é o que o intriga, a Aparecido, e todos já devem ter notado esse fato extraordinário, os cachorros sempre latem para os loucos. Há os que latem para os negros e para os mendigos, mas decerto esses são cachorros diferenciados, geralmente ligados a pessoas abastadas ou simplesmente preconceituosas, vai pensando Aparecido. O que todos os cachorros, indistintamente, têm por hábito fazer, é latir para os loucos. Os cachorros parecem percebê-los antes dos seres humanos, identificam-nos ao longe, enfurecem-se com eles e rosnam, se puderem atacá-los o fazem sem motivo perceptível. Mas isto se dá com os loucos mais ostensivos, claro, pois Aparecido está convencido de que loucos são todos, de um modo ou de outro, cada qual de seu jeito, e os cachorros não chegam a atinar com essa circunstância, só se revoltam contra os mais visíveis. Que, como se sabe, não são tão facilmente visíveis assim para os seus semelhantes humanos, cogita Aparecido, estará aí uma prova de que esses sejam tão loucos quanto eles. Quem saberá, também, se os cachorros não agem assim porque são igualmente loucos, eles mesmos, dotados de uma forma ainda mais especial de loucura, porque racionalidade não possuem, mas quantas e quantas vezes não se transtornam em suas emoções? Os cachorros, de fato, não conseguem refletir, só emocionar-se. Já os seres humanos raciocinam, por isso perguntam e respondem. Até hoje, porém, segundo constata Aparecido, só as perguntas é que parecem sempre pertinentes, as respostas nem sempre. E vejam que, quando perguntam, ninguém se ofende, ao contrário, os demais se põem a refletir sobre a pergunta imediatamente. As respostas, não, são sempre polêmicas, quantas desavenças graves não criam. Então, supõe Aparecido, é de se aventar com sinceridade, qual atitude será mais construtiva, perguntar ou responder? E quando um indivíduo se altera em seu raciocínio, atrapalha idéias, assume atitudes incongruentes, costuma modificar suas emoções, só por isso dizem-no enlouquecido. Aparecido considera isso um grave sintoma de burrice social. E se é apenas um irracional, como um cão, e altera só aquilo de que dispõe, a sua emoção, não percebem, não se dão conta de que pode estar manifestando uma espécie toda sua de loucura? E, Aparecido se pergunta, o que será mais valioso, poder refletir ou só emocionar-se? No fundo, é tudo tão confuso. Aparecido é hoje um velho, os velhos se parecem muito, sejam cães, sejam seres humanos, os velhos perdem a memória com facilidade e se redobram em emotividade intensa, confundem suas lembranças e se sensibilizam à toa. Posso estar mais velho do que louco, pensa Aparecido, enquanto outros estarão mais loucos do que velhos. Isto, para Aparecido, é o de menos. O que lhe atrai a atenção são as transformações que percebe em torno. Daí dessa meia sombra onde está na praça, Aparecido presencia o italiano, o italiano do restaurante vive à porta dizendo Dio Cane, Dio Cane, Aparecido se impressiona, fica a pensar se Deus não é, então, um cachorro. Porque, quando o italiano fala assim, é sempre hora do almoço e são poucas as pessoas que hoje entram no seu restaurante, não se sabe por qual motivo, já que, afinal, é hora de almoçar. Ele decerto não está imprecando, convence-se Aparecido, ele é um homem pio, está é pedindo a ajuda de Deus, para que as pessoas voltem a almoçar no seu restaurante, deve ser isso, e se ele pede a Deus e o chama de cão, ele acha que Deus deve ser um cão. Pode bem ser, porque Deus não pensa, não precisa pensar. Já Deus deve emocionar-se, deve ter seus sentimentos, não é possível que não tenha, vendo as coisas do jeito que estão. Então estará certo o italiano, esses italianos são terríveis de espertos, Deus deve ser mesmo um cachorro, que não pensa, mas sente. Há pouco tempo, um sujeito pregava, na praça, que Deus estava por chegar. Aparecido encara fixamente as pessoas e sobretudo os cães que passam e tenta imaginar qual deles possa ser a encarnação anunciada de Deus. Essa cogitação só aumenta a sua angústia nesse dia, porque nesse dia Aparecido mal conseguiu dormir, sente uma opressão incontrolável ou, mais que isso, um medo incomum a atormentá-lo, pela primeira vez na vida anseia que a noite se demore a chegar. Sua mente atribulada é varrida por maus presságios, como se adivinhasse que algo terrível estivesse por acontecer, isso lhe causa um torpor, uma lassidão de impotência diante do inevitável. Amparado no poste, tomado de uma indolência enorme, Aparecido se enfia em intrigas com o que vê, com a desordem que lhe parece desarrumar tudo ao seu redor.

3

Você aí, na sua janela, preste atenção. Aparentemente, tudo segue uma rotina, por isso é que a paisagem lhe parece quase estática. O que se vê passar, nessa rua e em seu entorno, é quase sempre um mesmo ritual, salvo umas tantas variações, sempre as há. Mesmo assim, você fica a lembrar, no outro dia aconteceu uma coisa desagradável de ver, bem embaixo dessa sua janela. Há uma organização em tudo, talvez a convenção tenha ditado que há espaços reservados para tudo, decerto que se deverá ter estabelecido inclusive que haja espaços de viver e espaços de morrer, mas aquele ajuntamento que ali se via era uma reviravolta nessa ordem natural ou criada das coisas, era um homem estendido na calçada, percebam, esse não é um espaço apropriado para ninguém morrer, havia uma poça de sangue em volta de sua cabeça e aquele ali, sem dúvida, agarrado por tantas mãos, aquele era um sujeito que lhe parecia familiar, conquanto dele você se lembrasse em trajes elegantes, em ar imponente, ele agora estava quase irreconhecível naquelas roupas humildes, desalinhadas. E a expressão sombria que marcava o rosto de toda aquela gente, tanto o que matou, o que morreu, os circunstantes, os policiais que abriam uma roda em volta do corpo para que ninguém encostasse, vamos afastar, vamos afastar, aquele ar sombrio você tem visto sempre com mais e mais frequência na fisionomia de todo mundo. As pessoas, quando são pilhadas por acontecimentos como esse, põem-se de usual com ar de comiseração, de espanto, de susto, mas essa expressão daquele instante traduzia um outro sentimento, um sentimento mais duradouro que o que nos causa o horror de uma tragédia, um sentimento que empana o olhar de medo e malignidade, contrai a face de rancor e insegurança, um sentimento dirigido a um só tempo a tudo e a todos, ou a nada em particular. E não é outra coisa senão um estranho ensombrecimento. É um misto de temor e amargura, que nutre esse povo das ruas todos os dias, agora, como o ar que se respira, dir-se-ia que a qualquer momento poderão essas

pessoas lançar-se em desespero para algum gesto irrefletido, ou
então umas contra as outras por uma besteira de nada, pois estão
visivelmente a ponto de explodir, como explodiram os protago-
nistas da cena sangrenta que você presenciou. São casos assim,
como esse, cuja razão de ser, desse seu lugar, você nem adivinha.
É como lhe disse, você, daí, não vê senão alguns relances de tudo
o que se passa na vida, é mesmo o que lhe disse, são fulgurações,
lampejos, simples partículas que apenas existem em si ou então
pertencem a um todo que lhe escapa. Só que, eu lhe pergunto,
com quem não se passa o mesmo? Não conheço ninguém capaz
de estar permanentemente atento a todos os acontecimentos, a
todo o tempo, percebendo e se inteirando de tudo o que suce-
de. Isso não existe, se alguém disser que sim é mentira. Tudo o
que se vê é sempre muito pouco, só uns fragmentos ligeiros do
acontecido, o que mais se faz é adivinhar o resto, geralmente por
dedução lógica ou nem sempre, mais por intuição, por mera suspeita. Sempre, é o que lhe afianço sem medo de errar, é preciso
que alguém nos conte o que não vimos, o que não percebemos
mesmo vendo, o que nos escapou como insignificante, quando
não era. É preciso então ouvir os outros, perguntar sempre e rememorar, quando e o quanto se pode, cavoucar as lembranças
mais remotas, mais submersas, mergulhar fundo nos vestígios do
tempo e buscar as origens, remexer a tralha guardada e sacudir-
lhe a poeira do esquecimento. Não é tarefa para você, meu velho, é empreitada que caberá a quem possa recordar-se a partir
de algum esforço, qualquer esforço, você, infelizmente, nem com
esforço algum conseguiria. Não se condene, nem se recrimine,
ninguém há de se lembrar do que jamais lhe relataram, do que
nunca viu ou não soube compreender. A tarefa é para quem viu,
ou ouviu, e entendeu. E, posso lhe assegurar, quem lhe contar
algo será mais o que sabe por ouvir, não necessariamente o que
testemunhou. Dê-lhe um desconto por isso, ele pode errar. O importante é registrar o que você vê daí, desse seu lugar, porque é

o que você está vendo com os seus olhos, não há registro mais fidedigno do que esse, seja embora fragmentário, fugaz, eventual. E assim é, enquanto você está aí, nesse canto obscuro, talvez haja quem possa retroceder no tempo, ver coisas que você presenciou e outras, imaginar as que não viu com os próprios olhos. Haverá quem tente recompor histórias, que ninguém acompanhou por inteiro, quem busque enxergar para além das imagens breves que passaram debaixo dessa sua janela. Serão histórias, portanto, de retalhos, desse esforço enorme talvez venham a surgir enredos que você não conhece por inteiro e que nasceram da costura desses recortes, não sei se alguém os conhece por tê-los testemunhado, ao menos em proporção considerável, ou não os conhece mesmo, de fato não sei. Pode-se saber de várias partes de um todo, pode-se estar atento para muitos dos fatos significativos de um acontecimento. Pode-se deter a atenção em um, dois, três indivíduos, talvez quatro, ou cinco, cada qual com seu perfil distinto, mas até nas minúcias podem-se misturar os fatos, as figuras, conquanto sempre se procure ser fiel, o mais que se possa. Você, não. Você será inevitavelmente fiel, seus olhos só gravam o que podem presenciar.

4

E Manoel vai chegar, difícil atinar direito com o que é que Manoel faz, que é que o prende na rua o dia todo, Manoel se limita a deixar tudo arrumadinho desde cedo para que você possa comer quando quiser e ficar em paz à sua espera, e você o espera, porque sabe que você deve sair esta noite, como todas as noites, vai passear pelas ruas e pela praça. Vai deixar esse seu posto de observação na janela, reencontrar pessoas que já conhece e vai descobrir outras, que acabam de chegar, como todas as noites. Quem sabe Mirtes ainda apareça por aí, Mirtes é uma pessoa formidável. A vida nunca os aproximou de fato, é verdade, mas você gosta de Mirtes, costumava vê-la, apreciar as arruaças que aprontava, que pena, há semanas seguidas que não se vê Mirtes, que será dela. Mirtes apareceu por estes lados do centro da cidade em um tempo melhor do que esses dias que correm. Você era menos velho, não andava como agora, tão cansado da vida. Seus dias eram contudo muito parecidos, gostava de estar à janela à espera de que anoitecesse para então sair a passeio, a cidade é muito mais agradável à noite. Costumam ter medo de andar por aí à noite, mas é só porque a noite é escura. Entretanto, não se deve ter medo do escuro, mas das pessoas, que, vejam, estão sempre pelas ruas em maior número durante o dia. É que dizem que à noite só os indivíduos malfeitores circulam e se nos atacarem não haverá quem nos valha, mas isso é falso. O que você tem visto dessa janela acontecer, com frequência impressionante, na rua aí embaixo, em plena luz do sol, desacredita imediatamente essa maneira errada de ver as coisas. Os bichos todos, pessoas, cães, são outros à noite, não sei se compreendem. Se a população noturna é mais rarefeita, se parte dela é perigosa, ocorre também que, de ordinário, os noturnos são os mesmos seres que circulam durante o dia, com certeza, mas a noite os põe diferentes, mais naturais e verdadeiros. Daí é que Mirtes o impressionou, Mirtes era igual, fosse a hora que fosse, quantas vezes você a viu, dessa sua janela, gritar com uns abusados que dela troçavam quando ensaiava passos de bailado na beira da calçada. Ora essa, Mirtes fez parte do Corpo de Baile do Teatro Municipal, isso não é pouco, nascera com a necessidade da dança em seu corpo esbelto e bem moldado, em que é que poderia incomodar os demais se ensaiasse uns exercícios em plena via pública, era um lugar como outro qualquer, já não a deixavam mais bailar no teatro, então. E Mirtes surgira nas ruas ainda em trajes de balé, as sapatilhas estavam inteiras, a malha colante sem remendo algum, foi um escândalo, nesse dia houve um alvoroço, juntou uma multidão para ver Mirtes dar alteração no meio da rua, porque ela não só aparecia por aí vestida daquele jeito como dançava, e dançava não apenas na calçada, dançava entre os carros que buzinavam, dentro dos bares apinhados de gente, em que entrava e saía tão depressa que nem alcançavam cumprir as ameaças que lhe berravam. Você acompanhou esse acontecimento, deve confessar, completamente desconcertado, nunca havia presenciado uma confusão tamanha na cidade. Alvoroçou-se, também, tentou seguir os desdobramentos do episódio da maneira que pôde, mas Mirtes era demais, armou uma bagunça de tal ordem que logo estava cercada num canto, foi aí que pôde ver Mirtes, a pobrezinha, tentando defender-se como podia, ela despachava os braços e as pernas ao acaso sobre os seus agressores que logo no entanto a derrubaram e surraram-na à vontade. Quando Mirtes voltou, dali a uns dias, o rosto ainda estava machucado, a roupa estava um pouco rasgada, um naco de sua nádega direita aparecia, mas eram o mesmo traje, as mesmas sapatilhas de dança, e ela bailava ainda, bailava sempre, não iria deixar jamais de bailar, isso já se via, só que, dessa vez, não irritou a mais ninguém, riam-se todos, atiravam-lhe dichotes debochados, preferiam considerá-la doida, quem sabe. Mirtes também não invadia mais os bares, nem trombava com os carros que circulavam pela rua, limitava-se a desenvolver seus passos delicados ao longo da calçada, e você pôde ver que agora havia um cão, um cão que a seguia, que saltitava ao seu lado, devia ser dela esse cão. Eis um motivo, lhe ocorreu, para que não mexam com Mirtes. E Mirtes ficou, então, para sempre por ali. Deu de fabricar umas pulseiras e uns colares de arame, eram arames de todos os tons metálicos, de todas as espessuras, trançados com capricho que formavam adornos bem bonitos, mais bonitos ainda expostos nos braços e no pescoço delgado de Mirtes, que era ela mesma o seu mostruário, a todo momento precisava interromper seu bailado incansável e a cantoria do seu pregão musical para vender alguma coisa às meninas que se acercavam, e como vendia barato vendia muito, Mirtes, era fazer e vender, mais fizesse e mais venderia. Quando saía à noite, você cruzava com ela e seu cachorro tantas vezes, tantas que perdeu a conta, mas sempre se detinha a admirá-la. O cachorro de Mirtes andava sempre alerta só que, a você, ele nunca tratou por inimigo, vá que tenha percebido sua admiração por ela, pode ser. E não foi uma nem duas, foram muitas ocasiões em que você presenciou Mirtes atiçar o seu cachorro contra uns bandidos que iam atacando pessoas mansas à noite, em plena praça. Isso quando não era ela mesma a afugentá-los, já sabemos que Mirtes era uma delicadeza de pessoa mas era capaz de um escândalo e tanto. Então é que você se convenceu de que à noite é mais usual aparecer quem valha aos mais fracos contra os meliantes, já que à noite, se você viu passarem medrosos foram poucos, já de dia a quantidade de covardes é dominante, ninguém se mexe por ninguém, ficam olhando de longe qualquer agitação, quando não se escondem onde puderem. Essa praça onde você sai a passear, como outras, é uma praça em que não deixam acontecer bagunças durante a noite. São os que dormem lá, como Tico e seu cachorro, por exemplo, que você também aprecia, não querem confusão por perto e estão certíssimos, parece. Se alguém passa por ali a caminho de algum lugar, eles quando muito lhe pedem uma ajuda, um cigarro, nada além disso e é só. Já se um desses pivetes começa a rondar por ali eles ficam de olho vivo, não o deixam encostar muito nem abusar-se com ninguém. Teve um que se engraçou com Mirtes, uma noite. Você ia passando, ainda de longe notou que Mirtes até deixou que ele se achegasse, acalmou o seu cachorro com um afago, para que ele parasse de rosnar, e ficaram conversando em voz baixa, Mirtes sentada no chão, como gostava de ficar, o pivete em pé ao seu lado. Você não gostou nada do jeito desse pivete, ele lhe parecia meio petulante com Mirtes, meio empombado demais, e você tinha razão, pois foi o tempo de você se aproximar e supreender-se ao ver o pé de Mirtes lançar-se ao ar num golpe certeiro, que pegou o moleque em pleno rosto e o atirou à distância. Ele se levantou e começou gritando que Mirtes era um veado safado, filho da puta, mas o cachorro de Mirtes o fez escafeder-se logo e o perseguiu por um bom pedaço do caminho, depois voltou, mas Mirtes nem se abalou de onde estava, sabia que o pivete nunca mais ia botar a cara por perto, como aconteceu. Aquele pivete era novo por ali, não conhecia Mirtes direito, nem o seu cachorro. Uma das noites em que você viu Mirtes discutir, e ela não era de puxar briga, era mesmo de dançar quando lhe desse na telha, de ficar retorcendo os seus arames em formas delicadas e de andar quieta o resto do tempo, um gracioso entendeu de dizer que o cachorro era o macho de Mirtes. Ninguém riu, mesmo assim ela se exasperou e o cobriu de xingamentos, o pessoal em torno alvoroçou-se para defender Mirtes, quem é que não gostava dela, e esse também foi um que sumiu dali para sempre. Mas, era curioso o comportamento de Mirtes. Bem na noite seguinte os amigos da praça acharam de comentar que o cachorro de Mirtes era também veado, que não era chegado às cadelas que andavam por ali, aí foi ela que se pôs a rir com eles, pelo visto não se importou mais com esse tipo de gracejo. Verdade é que todo mundo precisa ter um cachorro consigo.

5

Manoel é um tipo esquisito, de muito pouco falar, mas há uma boa afinidade entre vocês, vão sempre juntos nesses passeios à noite. Agora Manoel está sentado à mesa da sala, fechando os envelopes que leva consigo sempre que sai de casa, você o observa em silêncio e sem curiosidade maior para com essa tarefa rotineira. A quantidade de papéis, dinheiro e outras coisas que haviam sido esparramados numa grande desordem sobre a mesa já estão quase por inteiro distribuídos pelos envelopes e logo Manoel irá erguer-se vagarosamente, limitar-se a olhar para você. É o sinal que você espera, porque em seguida Manoel irá abrir a porta, irritantemente quieto como é do seu jeito, cumprir o ritual de olhar para ambos os lados do corredor e aí vocês deixarão o apartamento, descendo as escadas lado a lado, devagar, bem devagar, Manoel nunca tem pressa. É um sujeito mais para magro, mais para alto, glabro e de cabelos pretos mais para curtos, de olhar e gestos mansos, faça calor ou frio ele enverga aquela mesma jaqueta azul de muitos bolsos grandes, há de ser para neles guardar os envelopes, há de ser para isto. O trajeto de vocês é sempre o mesmo, ganham logo a direção da praça e a percorrem por inteiro, dando uma volta para circundá-la toda, aí a atravessam por uma passagem que a corta na diagonal, depois enveredam por uma ruazinha estreita e caminham por ela um bom pedaço, até que dobram uma esquina, dobram outra e ei-los na rua em que moram, logo estão de volta. Manoel gosta de se demorar no passeio, às vezes se detém e fica olhando as pessoas, os prédios, para dentro dos bares por onde vão passando. Há um único bar em que Manoel faz questão de entrar, todas as noites, esse fica bem defronte à praça e o dono é amigo de Manoel, faz questão de prosear com ele e invariavelmente se enfiam lá para dentro, aos cochichos, devem trocar segredos que não querem que os demais clientes ouçam. Você não se importa com isso, fica por ali o tempo necessário à espera de que Manoel volte para retomarem o passeio. Nunca deixam de passear, mas é ruim quando chove, nessas ocasiões nem dão o giro habitual pela praça, vão direto ao bar e dali voltam para casa, só nessas ocasiões você vê como Manoel, quando quer, sabe correr.

6

Este é um dia aparentemente igual, só não se chama banalidade ao que se presencia porque a agitação febricitante que ocupa todos os espaços é em si mesma singular, não se poderia dizê-la corriqueira, como não o é o sentimento que Aparecido carrega dentro do peito, neste instante. Muitas coisas foram se sucedendo que deixaram Aparecido desse jeito. Na outra noite, Aparecido cruzava a praça displicentemente quando reparou naquele homem. Ele vinha apressado, às trombadas com os que lhe atravessavam o caminho, uma sombra estranha derrubava o seu olhar para a calçada. Passou rente por Aparecido que pôde ouvir, então, uma voz a balbuciar palavras incompreensíveis, como se alguém falasse com alguém, só podia ser a voz daquele homem, mas o homem estava só, então Aparecido cogitou que aquele podia bem ser mais um doido entre tantos, mas algo dizia a Aparecido que ele conhecia aquele sujeito. Aparecido não tinha ainda no peito as aflições com que se atormenta agora e entendeu de ir atrás daquele homem. E o perseguiu por um bocado, levado pela curiosidade que o arrebatou. O homem era ágil, caminhava velozmente, Aparecido não conseguia acompanhar-lhe os passos ligeiros, foram-se distanciando sempre e sempre mais, logo o homem estava a boa vantagem de Aparecido. Mas Aparecido, é estranho, escutava-lhe a voz com toda a nitidez, escutava-lhe a voz a falar repetidamente, entre dentes, que abrissem espaço, que dessem passagem ao casal e seu cachorro, pois não viam que a mulher ia numa cadeira de rodas, que eram ambos já idosos, pois que lhes dessem passagem e que o casal e seu cão contassem consigo, que não se desesperassem, que ele iria salvá-los como iria salvar a todos, que logo se iriam deslumbrar com tantas, mas tantas que seriam as maravilhas. Sim, porque estavam próximos de alcançar maravilhas jamais imaginadas, só não se dava conta disto quem era néscio ou descrente ou inimigo, e esta última laia de seres precisava ser exterminada, exterminada o mais depressa possível. Aparecido já estava cansado, o homem desaparecia numa dobra de rua, só a lembrança de sua voz ainda era bem audível para Aparecido que então estancou, semicerrou os olhos para melhor rememorar o que a voz havia dito, aí surpreendeu-se, ela se dirigira a ele, a Aparecido, referira-se a ele amistosamente, como se um amigo lhe houvesse exclamado ora, como vai você, meu caro. Aquela constatação deixou Aparecido tomado de algum constrangimento, pois se o homem lhe parecera conhecido com certeza não se lembrava de onde é que o conhecia, enquanto se via, pelo que a voz falara, que ele o reconhecera, de imediato e bastante bem. Diante do silêncio em que se converteu o burburinho dos passantes em torno de Aparecido, a voz mais lhe soava como se lhe houvesse sussurrado ao ouvido, veja, vocês podem seguir em paz o seu caminho, todos lhes darão passagem, eu sei que tudo parece estar indo de mal a pior, mas fique descansado, tudo vai na verdade indo de mal a menos mal e vai mudar, eu garanto, tudo vai melhorar bastante e bem depressa, não insisto à toa, muito em breve estaremos diante de maravilhas. Aparecido abriu e arregalou os olhos, caminhou até a ponta da calçada, enlaçou-se a uma árvore que ali havia, ficou prestando atenção na paisagem confusa e agitada do centro da cidade, lembrava-se do homem que sumira na distância, a sua voz ainda lhe ressoava nos ouvidos. E Aparecido pensava, pensava que não se recordava direito mas quando o conhecera, e decerto que devia tê-lo conhecido algum dia, ou o outro então é que o conhecia e sabia de sua vida, mas uma coisa era certa, aquele homem ainda não devia ser louco, dos loucos ele não se esquecia jamais, contudo agora se via que o infeliz dava mostras de ter ensandecido, só podia ter endoidado, as coisas que falava faziam e ao mesmo tempo não faziam o menor sentido nem mesmo para Aparecido, e ainda falava sozinho, o tal homem, e com uma voz impressionante, capaz de ser ouvida à distância, depois Aparecido é que gozava fama de louco.

7

Minutos depois, na mesma noite, Aparecido já mal se lembrava, não queria mesmo se lembrar, daquele encontro curioso e menos ainda se indagava de onde é que conhecia o tal homem, de onde e como ele o conhecia tão bem. Insistir com a memória só iria magoá-lo ainda mais e assim Aparecido seguia o seu roteiro noturno, sempre ao acaso, que é quando a noite melhor oferece seus segredos, revela suas histórias, exibe os seus personagens. Aparecido, já se sabe, gosta de observar. E ei-lo que, gira para cá, gira para lá, acaba por ver-se de volta à praça e se detém, algo lhe chama a atenção. De fato, veja agora, Aparecido, esses aí. Quantas vezes, em seus passeios noturnos, pois à noite é quando a cidade lhe parece menos agressiva, você não topou com eles, eles conhecem-se desde muito tempo, são já quase velhos. Cheiram-se demoradamente, todas as noites, talvez mais por um dos muitos sestros que a espécie desenvolveu que por uma necessidade de reconhecimento mútuo. Melhor se dirá sestros, porque as explicações variam. Se urinam nos postes ou árvores, dizem que estão delimitando um território, mas há quem diga que estão urinando apenas onde sentiram o cheiro de outras urinas, com o intuito de assinalar que ali também frequentam, o que é algo parecido, não igual. Preferível sestros, é palavra que diz melhor com o comportamento que se presencia todas as noites entre esses dois. Dão-se bem, percebe-se que se cheiram enquanto os rabos abanam e isso quer dizer que são amistosos entre si. Afora isso, não há muita intimidade entre eles, talvez pelos donos que tenham. Porque têm donos, um pertence a um velho procurador autárquico aposentado, que reside, solitário, em um dos prédios do centro da cidade, antes um prédio elegante, de gente grã-fina, hoje um tanto decadente, nem tanto assim, mas decadente. O outro é um cão de rua. Seu dono é um mendigo que atende pelo nome de Tico e vive na praça em frente a esse prédio, ali fixou sua moradia ao relento, debaixo de uns cobertores deixados pela assistência social e em meio a uns poucos trastes que foi acumulando ao longo de sua vida vadia. É mendigo, sim, não tem outra fonte de subsistência. Mas exerce sua mendicância com alguma desenvoltura, se assim se pode dizer. Não é tudo o que aceita em donativo, conserva uma atitude sobranceira que talvez recorde tempos mais altivos que há de ter conhecido, não se sabe. Nem mesmo pede. Basta-lhe estender a mão, olhar o passante nos olhos, como fazem as pessoas de bem e os que, como ele, trazem em sua natureza um quê de superioridade para com os demais. Atiram-lhe moedas ou cédulas às vezes, às vezes não, ele retribui da mesma forma a todos, ou seja, não lhes devolve sequer o agradecimento servil dos pedintes. Recolhe o que lhe foi dado e de tanto em tanto avalia a quanto chegou nessa atividade, nem se dirá nessa faina, não, ele não se move de onde está por nada deste mundo. O cão fica sempre a seu lado, não se importa com esses dinheiros, tem a atenção presente nas senhoras ou cavalheiros mais piedosos, que trazem coisas de comer, às vezes são restos aproveitáveis, embora sempre sejam restos, e as deixam com o dono, que irá inevitavelmente reparti-los com ele. Quando isso não ocorre, o dono levanta-se de onde fica e vai até um bar mais próximo, pede uma refeição comercial e a traz numa embalagem que irá abrir com muito cuidado, para dividi-la com toda fraternidade. Ele espera, já sabe que receberá parte igual do que o dono irá comer. É quase um trato, durante anos, essa vida. Em troca, ele devota ao dono uma fidelidade que é comum aos cachorros, não seria rara entre cães de donos miseráveis. Sabe perceber quando o dono dorme, tantas e tantas vezes estragado por um porre monumental que a inevitável cachaça lhe provoca, e reconhece que essa é a hora em que deve estar de vigília, pois dormita, sim, mas um olho sempre está entreaberto para proteger, que a vida é pródiga em ataques perigosos. São outros mendigos que disputam aquele lugar, os parcos pertences de seu dono, até em muitas ocasiões lhe quiseram fazer mal, quando ele precisou lhe valer. Já saiu machucado desses embates e o dono não lhe faltou ao

cuidar de suas feridas, foi a vez dele lhe mostrar fidelidade. E afei-
ção, também, pois o dono o acarinha sempre, ele compreende
que talvez seja o único amigo que lhe resta neste mundo. O único
não. O maior, sem dúvida; mas há esse senhor, de roupas finas,
de maneiras polidas, doutor procurador autárquico aposentado,
que todas as noites sai daquele prédio em frente para trazer o seu
cachorro a passear, esse coitado vem à praça para satisfazer necessidades a que decerto não pode atender no lugar onde mora.
Ele gosta desse cachorro, é um cachorro diferente dele, tem raça,
traz o pelo sempre bem cuidado e lhe mostra cordialidade, quando se defrontam. O dono desse cachorro é que é desconfiado, um
tipo medroso, já se vê, há anos que cumpre a mesma rotina e, no
entanto, nunca se achega para uma conversa, passa sempre meio
à distância, como se temesse algo que jamais lhe passará, nunca
partindo de seu dono, é visível. Ao contrário, o seu dono é até
bem grato a esse homem, ele nota, é um homem que deve ter
posses, pois todas as noites traz coisas para ambos, dinheiro ou
coisas de comer, de vestir, trouxe-lhe numa noite de frio um aga-
salho que outrora ele vira seu companheiro envergar e que agora
lhe era presenteado, o homem se dirigia ao seu dono, tome, vista
isto no seu cão para que ele suporte melhor a temperatura que
caiu tanto. Foi a única vez em que esse homem se aproximou dele,
pois o seu dono não saberia vesti-lo naquele traje. Mas o fez com
tal medo que ele também se atemorizou, chegou a rosnar do susto
que tomou diante dessa aproximação, inesperada, surpreendente.
Viu que o homem recuou, estava a bem dizer apavorado, o seu
dono precisou adverti-lo de que não havia motivo para temores,
tratava-se de um bom cão, foi o que disse, não tenha receio. O outro cachorro, o do tal homem, estava quieto, gania de vez em tanto
mais por reconhecer, talvez, a sua roupa que ia sendo dada de presente a outro, do que por animosidade, isso não. Essa operação
durou o bastante para que o dono finalmente o vestisse, a partir
das instruções daquele homem. E foi muito melhor, enfrentar

aquela noite em tais vestimentas, apesar de que o seu dono sempre partilhava os seus agasalhos com ele, nunca o deixou exposto às intempéries, fosse o frio, fossem as chuvas que eram frequentes e geladas, demoravam a secar no seu pelo eriçado e grudento. E era interessante, essa relação que se estabeleceu entre eles todos. Ela se dava à noite, só à noite, pois durante o dia era um atropelo de gentes que iam e vinham pelos caminhos da praça, uma multidão sôfrega tomada de ansiedades diversas, se todos os que passavam dessem alguma coisa ao seu dono ele estaria rico em um instante, só que assim não era, era o contrário, só uns poucos é que se compadeciam dele. Já aquele senhor devia ser rico, ou teria sido outrora, não cabia a ele, um cão, avaliar. Para ele, o senhor era rico o bastante para ter onde morar com o seu cão mais bem tratado, melhor alimentado, cujas enfermidades decerto eram cuidadas por um veterinário, esses privilégios de que só os poderosos usufruem, ele bem sabia que havia uma diferença enorme entre ele, seu dono e aqueles dois. O seu dono, no entanto, ombrearia, não havia dúvida, com o outro nos afetos que lhe dispensava, até porque, para o outro, o cão era uma companhia, nada além disso, era até um cão meio fracote, meio afrescalhado, não era como ele, um cachorro de valor, vira-latas, claro, mas de valor, prestes a enfrentar os desafios que se apresentassem para defender-se e ao seu dono. Que sabia reconhecer esse fato, ou não era só por isso, mas verdade era que lhe tinha imenso devotamento, tratava-o com muito zelo, cuidava de demonstrar-lhe que eram os dois no mundo, sozinhos contra o mundo. Ele entendia isso, entendia também que não nascera de nobre estirpe, que jamais alguém como aquele senhor o adotaria como adotara o outro cão, que o que lhe reservava a vida era ter um dono como o seu, que seria capaz de amá-lo e protegê-lo, por isso é que ele também o amava e protegia, ou não era assim. Porém era agradável esperar, todas as noites, pela visita daquele senhor e de seu cão, não só pelos regalos que lhes traziam, mas pela companhia, afinal era prazeroso ter em suas relações figuras tão gradas, saber que entre os habitantes da região, tantos que perversamente tentavam a todo tempo expulsá-los dali, havia quem não o fizesse, mas, ao revés, que fizesse exatamente o oposto, que os procurasse para dispensar-lhes um tratamento de amigos. E foi sabendo-os amigos que uma noite ele os defendeu, quando aqueles pivetes se aproximaram deles, com ar de péssimas intenções, o dono se ergueu de onde estava e o convocou, ele não titubeou em atacar aqueles meliantezinhos, onde é que já se viu, querendo assaltar os seus amigos. Nessa noite o senhor foi mais bondoso, abriu uma carteira e entregou ao seu dono uma cédula que devia ser gorda, porque ele esperou que o outro se recolhesse com seu cão e partiu em direção ao bar, de onde trouxe umas três garrafas de cachaça e um bom bife, cru, que lhe deu de presente. Foi uma farra, essa noite, eu lembro que ele até esperou que outras situações iguais se repetissem, mas seria difícil, o seu dono era um tipo que impunha respeito no local, feliz ou infelizmente ninguém que o conhecesse encostava para incomodar, mesmo sendo ele mais para velho, trôpego, eternamente embriagado. E uma das coisas que ele aprendeu logo foi o nome do seu companheiro, Xaxá, era bem um nome de cachorro efeminado, que se iria fazer, era um cachorro de rico, não iria ter um nome como o dele, Batuta, o seu dono o chamava assim porque o considerava batuta mesmo, é o que ele era e procurava ser. Um cachorro que era pau para toda obra, como se diz, vigilante e leal. Não que o outro não fosse, devia ser, nenhuma culpa podia ter pelo nome que lhe deram, a culpa era do dono dele, que o queria meigo, nada mais. Ele também sabia ser meigo, entretanto, o seu próprio dono que o dissesse, quantas vezes lambia o seu dono, sabendo-o imprestável por causa da bebida exagerada, pelas depressões que a vida lhe provocava. O dono desse cachorro refinado, porém, era bem diferente do seu, devia ter lá suas tristezas, quem não as tem, até os cachorros as têm, mas conservava um permanente ar de altaneria diante do mundo, que só não se passava ao seu cão porque essas atitudes não se transmitem aos cachorros. Traía, sempre, o temor com que frequentava a praça durante a noite, é verdade, se o seu dono era um habitante do lugar o outro ali não se expunha com coragem, sofria a angústia de defrontar-se com assaltantes, o que passava despercebido aos cães, esses são bichos indiferentes às turbulências da condição social, ainda bem. E ele, no fundo do seu instinto, adivinhava que a amizade que esse senhor aparentava ter por ele, pelo seu dono, não era uma amizade para o que desse e viesse, era apenas uma forma que encontrara de se sentir seguro ao atravessar a praça mal iluminada com o seu cão, para os passeios noturnos de que este precisava, não era nada além disso, era portanto um sentimento mais para interesseiro, insincero. Terá sido quem sabe por essa percepção que ele fez o que fez, é o que fico a cogitar. Só me lembro que uma noite, lá vinha o senhor e seu cão pela coleira, ele jantava. O outro, o Xaxá, fresco, afetado, cachorro de rico, se achegou com o mesmo rabo abanando de sempre, só que devia estar faminto, ou então é um cachorro como o próprio dono, rico que quanto mais tem mais quer, veio lépido em direção à sua comida para abocanhar-lhe um pedaço. Aparecido presenciara esse fato e, sem saber bem por que, o retivera marcado na lembrança. Qualquer um teria feito o mesmo que o cachorro de Tico fez, não se preocupem, pensa Aparecido. Eles, os dois cães, que perdoem o que fizeram os seus donos. Para Aparecido, esses donos entenderam que eles precisavam muito mais um do outro do que eles, cachorros, precisavam-se entre si. A surra que ambos os cães tomaram por se engalfinharem, portanto, e isso é o que vai pela cabeça de Aparecido, é uma apenas, das muitas surras que a vida nos reserva, nada além de uma surra a mais, para que sofrer com uma insignificância dessas.

8

Dessa janela você vê o canto da praça onde está Aparecido e se lembra de Petita, era tão bonita e bem cuidada, Petita. Nunca se percebeu ao certo a idade de Petita, ela não aparentava, o que se notou foi a cegueira que a dominou aos poucos, daí suspeitar-se que ela já avançara em muitos anos de vida ou, então, fora possuída por um mal irreversível, quem há de saber. Pois era sem dúvida em um prédio das proximidades que eles moravam, toda noitinha Aparecido ocupava suas mãos em segurar Petita, toda saltitante, pela coleira e em empurrar o carrinho de rodas onde ia acomodada a mulher, recostada com a cabeça para um lado, os braços imóveis. Saíam a passeio, apontavam no final da rua e seguiam o caminho da praça, pouco depois é que você iria tomar a mesma direção em seu perambular noturno e sempre os via e ouvia conversar, ora o casal entre si, ora ambos a falar com Petita ou sobre ela, a mulher com muita dificuldade, dava para notar, mas falavam o tempo todo e quando se referiam a Petita, ora, ela parecia reparar muito bem que era com ela ou sobre ela a conversa, largava de fuçar em tudo e se aproximava dos dois, para um carinho. Linda, muito linda essa Petita que você admirava à distância e que era a alegria daqueles velhos.

9

Aparecido continua abraçado ao poste, a cismar com o que se veio passando em seu espírito nesses últimos tempos, por que é que se sente apavorado, nunca se sentira assim na vida inteira. Ele já conheceu todo o povo que anda por essas ruas, que vive por aí, que habita a praça, se a memória lhe falha é pena, se nada lembra para contar, ou quase nada, é sempre pena, ele, quem sabe, poderia contar muitas histórias sobre cada um desses. E sempre o que vê é a um tempo o de sempre e é novo, às vezes surpreendente, mas isso é que faz atraente a noite dos seus passeios, sempre há um acontecimento que irá abalar os seus sentimentos, irá tocá-lo em sua sensibilidade, seja uma gente nova que chegou, seja um evento qualquer, sempre haverá. A população dessa praça, por exemplo, é uma população que aumenta todas as noites, logo a seu ver não haverá mais espaço para todos, só que chegam mais e mais, todas as noites há uma reacomodação de lugares, abrem um canto aqui, outro ali, são pessoas novas, novos cachorros que irão instalar-se onde puderem. E os que já estão dão abrigo aos que se achegam, todos os dias, cada vez mais, agora já são pessoas que, segundo dizem, outrora viveram em casas boas, mobiliadas, até com jardim. Essas, cuidam do jardim da praça. E, como já se vê que são pessoas mais sabidas em umas tantas coisas, vão ensinando o que sabem às outras que ali já estavam. Pois eu mesmo, remói Aparecido, não tive um destino igual, nem toda essa gente nasceu miserável como anda agora, a vida é assim mesmo, caprichosa, incerta, quantas vezes cruel. Um dia, vieram buscar um velho. Aparecido gostava dele. Ele se misturara aos vadios do lugar, era um velho engraçado, contava casos e mais casos. Parecia que vivera vinte vidas ou mais, pois tudo o que contava se passara com ele, sempre havia uma roda à sua volta para ouvir as histórias. Ele era velho e as histórias também, eram antigas, todas começavam com a expressão: "Naquele tempo...", ele só se referia a um tempo remoto. Em algum momento de sua vida deve ter havido um corte qualquer que o fez ficar assim, largado e desamparado, distante das aventuras impressionantes que narrava. Vieram buscá-lo e ele resistiu um bocado, mas logo se entregou àquelas pessoas que o abraçavam e chamavam de pai, de tio, pessoas que depois ficaram explicando aos mendigos que o velho era fraco da cabeça, vai ver que era mesmo, só Aparecido é que fica a morder a idéia de que o velho era como todo mundo, nem mais nem menos doido, mas se expusera muito, afinal, aquelas histórias todas!, e as pessoas que vieram buscá-lo agradeciam os cuidados que todos tiveram com ele e deixaram um monte de dinheiro para todo mundo, ao partir. Naquela noite, foi uma festa. E o jardim da praça, Aparecido repara, hoje é cuidado, mal e mal, mas é cuidado pelo pessoal que ali vive, os funcionários da prefeitura nem se importam, é de se cogitar que até se contentam com isso. Nem sempre foi assim, porém, antes eram os servidores municipais que limpavam e tratavam das plantas, só tomavam cuidado para não interferir no cantinho de Jacinta. Não sabem quem foi? Aparecido sabe, muitos ainda sabem ou ouviram dizer. Contam, de fato, de uma tal Jacinta, que por aí viveu, criou fama pelo tanto que era brava, e rebocava a cara de muitas tintas fortes, um vermelhão nas bochechas, um verde e um preto nos olhos, um carmim esparramado para além dos beiços grossos. Aparecido ainda chegou a vê-la bastante, uma vez ou duas mais demoradamente, conversaram. Jacinta tinha o seu recanto exclusivo no meio do jardim, entre umas plantas altas, para satisfazer as suas necessidades — e ali não deixava ninguém encostar, era um pedaço só seu, nem os cachorros, de que gostava, ela deixava que se servissem daquele lugar. E Jacinta abrira um buraco fundo, onde depositava seus excrementos e suas urinas, que cobria em seguida com um punhado de terra, como os gatos. Consta que guardava num banco o dinheiro que juntava, que um dia teria aparecido um casal, gente fina, que fez amizade e prometeu levá-la para a Bahia, ela teria sacado tudo para ir com eles, já se achava velha e queria reencontrar seus parentes. Sumiu. Essa é a lenda, a verdade nunca se saberá. Anos depois, já se dizia que o banco em que Jacinta guardava o dinheiro era o banco em que dormia na praça, mas isso devia ser pilhéria, Jacinta sumia de lá dias seguidos e deixava o seu banco à mercê de quem o ocupasse. Depois disseram que Jacinta, na verdade, era mulher macho, bem podia ser, na verdade houve o episódio com a polaca das Gerais, mas foi só, se ela era para valer ou não nunca se irá saber ao certo. Não se dirá que foi com Jacinta que os cachorros chegaram à praça, mas foi com ela que eles a conquistaram. Jacinta teria sido a primeira — o que não há de ser verdade, pois a amizade entre as gentes e os cães é remotíssima — a atrair os cachorros para perto, a alimentá-los, a tomá-los para sua proteção. Dizem que Jacinta não gostava das pessoas, só dos cachorros. Então, que ninguém bulisse com eles, ela os defendia. Nessas horas, Jacinta dava conta mesmo de muitos machos. Aparecido pensa consigo, Jacinta talvez tenha percebido, isso sim, antes de todos, que os cachorros eram tão largados no mundo quanto ela, só que mais confiáveis que os seres humanos, seus pretensos semelhantes. E fica a imaginar o que diria Jacinta, se visse agora essa infinidade de pessoas e cães se atropelando pela praça.

10

Dona Antonieta ficara desempregada e não conseguiu outra colocação em canto algum, penosamente completava, na costura, o recurso que mantinha o casal todo mês. O modesto salário de Aparecido mal dava para o aluguel e alguma comida, raramente se consentiam o luxo de um divertimento qualquer. Não sobrava. Mesmo assim, como casaram tarde e foi logo afastada a idéia de filhos, permitiram-se um cachorro, a despesa que dava era compensada pela alegria que punha na casa. Sobretudo pela companhia que representava para dona Antonieta, porque Aparecido saía o dia todo, ela, não. Um dia, ele a encontrou caída sobre a máquina de costura, Pepita gania ao seu lado. Em pouco estavam no hospital, mas a pobre carregaria consigo para sempre a fala difícil e uma paralisia, marcas dos dois derrames seguidos que sofreu.

11

Um dia destes, Aparecido acordou, ainda estava deitado na calçada, quase em frente a uma loja de discos, naquela rua que sai da praça. Só e mudo, ele olhava a paisagem. Havia algumas nuvens mas o céu, todavia, era muito azul e claro. Havia árvores enormes na praça ao lado, passantes na rua, pessoas e cachorros, todos das mais diferentes extrações. Havia ruídos, vários, havia uma brisa suave que lhe batia no rosto, havia tantas coisas, um burburinho que agitava a rua. O que é que começava a pô-lo assim temeroso, assustado, é o que se perguntava Aparecido, já naqueles dias ele dera para andar inseguro, com pavor de tudo, como se previsse o pior. Mas, para ele, o que seria o pior, é o que se indagava. O seu olhar pousou em um prédio bem ao lado, que parecia também encará-lo, com o impenetrável segredo de sua solidão. E Aparecido ficou a mirar aquelas janelas imperscrutáveis, aquelas paredes encardidas. E teve a sensação de que algo que a um tempo era indecifrável e desconcertante se ocultava no âmago daquela edificação. Fitou o velho prédio que se quedava tão imóvel quanto ele, o prédio em seu lugar, ele ali, no seu canto de calçada. Ficou a imaginar como teria sido antigamente, quando esse prédio surgiu, muito antes de Aparecido se dar por gente, como seria a cidade, como seriam as pessoas, os animais, os costumes. Mais o mirava, porém, mais lhe vinha a impressão de que tudo seria imaginável, menos a juventude daquele prédio. Não podia vê-lo novo, reluzente de tintas limpas, frequentado por cidadãos de respeito, cães de fino trato conduzidos por coleiras enfeitadas. Só conseguia vê-lo assim, estropiado e triste em sua decadência, como a imagem da cidade em torno, tantas vezes maltratada que já era impossível concebê-la outra, reinventá-la como havia de ter sido outrora. Mas os viventes, não, os viventes são sempre visíveis, pode-se conhecê-los, imaginar a vida que levam, invadir mesmo os seus sentimentos, seus segredos mais guardados, são dotados dessa transparência, os viventes. Aparecido estava assim, imerso nessas cogitações, quando distraidamente girou o olhar em torno, ergueu os olhos e deparou com você, ou talvez tenha percebido que você é que já antes deparara com ele e o mirou, você que o espiava da sua vidraça. Os seus olhares se cruzaram por um breve instante, Aparecido se levantou e continuou a fitar essa sua janela, sorriu um sorriso que era a um tempo amigo e amargo, você percebeu esse sorriso e não soube como retribuí-lo. Você já conhecia Aparecido, ele sempre foi um dos personagens dessa sua contemplação diária. O sorriso de Aparecido o atingiu todavia como o beijo de um irmão, estabeleceu-se uma súbita comunhão de sentimentos entre vocês, Aparecido se abraçou ao poste plantado na calçada e ali se deixou ficar um largo tempo, um tempo em que não houve senão os olhos de um para os do outro. Depois, com uma curvatura solene da cabeça, Aparecido decidiu partir, como sempre a esmo, para lugar nenhum, mas deve ter sentido que era preciso partir, senão, por que o faria. Você o acompanhou nessa trajetória até vê-lo sumir-se além da esquina. E um estranho sentimento de tristeza nasceu em você, você não o identificava, não o explicava, mas ficou a rosnar, esse é o termo, a rosnar enfurecido com a tristeza que o invadiu.

12

Aparecido já foi moço, um dia. Ainda rapazinho, mal concluído o curso profissionalizante que o tornara almoxarife, conseguiu empregar-se primeiro como auxiliar da função, em um banco, depois, já como sub-chefe de seção, em uma loja de departamentos, até ir convidado a trabalhar naquela empresa enorme, da qual se envaideceu durante quase vinte anos, perfazendo assim seus trinta e quatro de trabalho ininterrupto. Quando conheceu dona Antonieta, vinha de assumir ali a chefia do setor de suprimentos, houve uma espécie de solenidade para isso e recebeu um broche com o logotipo da empresa para usar na lapela, ela era a moça da fornecedora de materiais de escritório que passaria a tratar com ele. Logo, sem que qualquer dos dois se lembrasse exatamente quando, ela passou a chamá-lo por Cici.

13

Dias atrás aconteceu um quebra-quebra, bem aí embaixo. Quando você notou, algumas pessoas derrubavam as bancas de uns camelôs e chutavam suas coisas. Logo, tudo desandou em tumulto, interditaram um largo trecho da rua e houve pancadaria brava, até tarde. Você, daí, da sua poltrona, escutava o berreiro que se armou e sofria, assustado, era uma cena horrível, a rua convertida em campo de batalha. Imediatamente descobriu no meio da confusão o mendigo doido, aquele mesmo que se agarrava a um poste com ar de desespero, que lhe sorrira tão mansa e amarguradamente no outro dia, você logo pensou que ele era mesmo um desafortunado, por estar ali, sem querer decerto, metido em pleno reboliço. E reparou nos cachorros, esses é que mais o impressionaram, estavam feito enlouquecidos, ganiam e tentavam correr para todos os lados, ora como se fugissem, ora como se perseguissem pessoas, mas o faziam a esmo, rosnavam e latiam e não sabiam a quem morder.

14

Aparecido, uma noite, atravessava a praça e deparou com Mirtes. Já a conhecia de vista, nunca se toparam antes, mas nessa noite Aparecido entendeu de lhe dirigir uma saudação mais direta, um cumprimento, eram afinal conviventes do mesmo espaço, podiam ser cordiais. Nesse instante, Aparecido nem se lembrava mais do rancor que todos naquelas redondezas mantinham por ele. O cachorro de Mirtes latiu para Aparecido, mas Mirtes o encarou de alto a baixo, como sempre fazia com quem lhe era estranho, e logo entendeu que se tratava de um companheiro, um abandonado como tantos, então Mirtes contemplou Aparecido com um sorriso e o convidou para sentar-se ao seu lado. Entretiveram-se em uma longa conversação, Mirtes parecia divertir-se com as esquisitices que Aparecido lhe falava, entendeu logo que Aparecido era um tipo curioso mas agradável, foi assim atiçando o outro para que lhe relatasse casos e mais casos, nunca a imaginação de Aparecido correu tão solta como naquela noite. O cachorro já estava em plena camaradagem com Aparecido, deixava-o alisar-lhe o pelo grosseiro e entrecerrava os olhos, numa atitude de prazer e confiança, dois sentimentos que até então só conseguia ter com Mirtes.

15

Petita foi ficando cega, a vida se tornou penosa para Aparecido que se dividia em tantas ocupações. Não que começasse a negligenciar o seu trabalho, mas as preocupações que o assumiam, fazendo-o passar de brincalhão a amargo no trato dos colegas, fazendo-o imprecar por qualquer coisa à toa que se passasse, tornando-o surdo a tantas perguntas que lhe dirigiam, enfim, uma somatória deplorável de sucedimentos que foram chamando a atenção sobre si, primeiro daqueles com quem lidava no dia a dia, depois de outros funcionários que mal conhecia, tudo isso acabou chegando ao conhecimento da diretoria da empresa. Aparecido estava à beira da aposentadoria, mais um ano e pouco, só um pouco mais, mas um dia o chamaram. O senhor está mal, precisa quem sabe de uma licença e Aparecido ia desfiar o novelo de suas desditas várias, mas tudo o que conseguiu balbuciar foi que, em verdade, o que ganhava era tão pouco, nem podia manter uma empregada que lhe cuidasse da mulher enferma.

16

Você relembra, a cada instante, aquela cena que tanto o impressionou no outro dia, ainda revê o sangue na calçada. Aquele crime que você presenciou foi só o desfecho de uma tragédia isolada, tudo leva a crer. Que tragédia porém foi essa, você se indaga, eu mesmo me indago, de que não soubemos quase nada, além de um ou outro de seus personagens que você reconheceu, além do seu final violento, que tragédia foi essa? Talvez nem interesse saber, é o que suponho em minhas cogitações. O tumulto que há pelas ruas pouco ou nada tem a ver com isso, parece. Essa tragédia, no fundo, o que significa, diante de tudo o que se passa pelas ruas? Faz parte dessa grande confusão que está se armando por aí, sem dúvida, mas ela, em si, ou é, ou há de ser, um episódio sem relevância maior, nos transtornos que agitam a cidade nestes dias. Como se deu com esses personagens, diante dos seus olhos, ter-se-á dado em outros lugares desta mesma cidade, com outros personagens parecidos, o que de fato intriga é saber como a cidade se convulsionou de tal forma, que tais tragédias possam ocorrer sem mais nem menos, e possam ser consideradas fenômenos passageiros, banais. Porque a cidade reage assim, indiferente a tais acontecimentos, hoje em dia, essa é a questão que o desconcerta, que conturba os seus sentimentos.

17

Mas a paisagem que se desenha a partir da sua janela segue parecendo estática. Talvez porque o que ocorra não seja, propriamente, uma transformação, tudo apenas se agrava. Nem se pode dizer que a rua aí embaixo se modifique todos os dias. Os prédios são os mesmos, os carros que passam são iguais, ainda que a marca do tempo se revele neles. As mudanças que se vêem, ocorrem mesmo com as pessoas e os bichos, esses é que já não são iguais a cada dia, você nota. Há, inclusive, uma fauna diferente que deu para frequentar essas redondezas. Cachorros pouco dóceis, agressivos, mesmo. Uma gente que impressiona até pela linguagem. Essa linguagem é incompreensível não só para você, não se preocupe, muitos não a entendem. E você nem chega a formar opinião a respeito dela, nem se permite refletir sobre ela, apenas não a entende também, isso não quer dizer nada, não se incomode. Mas há quem discuta, há quem forme rodas para debater questões intrincadíssimas, você se aturde com essa modificação que as pessoas estão sofrendo, uns ainda falam coisas compreensíveis, outros não, tanto que esses outros falam outras coisas, que também lhe chegam, que o deixam confundido, essa linguagem nova varia de um para outro mas é uma linguagem antes desconhecida por estas bandas da cidade, que diabos andará se passando. Essa contemplação cotidiana já deixa você nervoso, impaciente, não vê a hora de anoitecer e sair a passeio, a noite continua a ser a noite fácil de decifrar e doce de frequentar, como sempre, por mais que se povoe, e se povoa sempre mais.

18

O dinheiro que lhe havia sobrado depois da dispensa ia acabando aos poucos, Aparecido se afligia com isso. Quando saía para procurar ocupação, e já estava disposto a aceitar a que lhe quisessem dar, sempre ouvia a mesma conversa fiada da idade, da avançada idade, que idade era a sua, o seu aspecto, quem sabe, que deixava nos outros uma impressão de velhice? Os remédios de dona Antonieta, esses se punham cada vez mais caros, às vezes mal podiam comer, era preciso poupar cada centavo. Aparecido deu de cortar mais fundo nas despesas, começou a atrasar o aluguel, as despesas de condomínio, os impostos. Até que dona Antonieta sofreu o terceiro derrame, ficou lá mesmo, na enfermaria do hospital. Aparecido desistiu de procurar emprego.

19

E esse seu medo, de onde vem, afinal? Que é que desencadeou em você essa insegurança atroz, esse pânico, essa certeza de que algo de horrível lhe irá acontecer, de uma hora para outra? Terá sido a conduta das pessoas, que se tornaram estranhas, iradas, descontroladamente insensíveis? Ou a dos cães, que já se põem ferozes sem que provocação alguma os leve a isso? Verdade é que agora há uma grande transformação acontecendo, pena que Aparecido não consiga identificá-la. Só vê que tudo está mudando e depressa, mas as pessoas, a maneira de ser das pessoas é que lhe passa essa convicção. Já havia percebido que hoje em dia elas são muitas, muito mais do que antes, a população aumentou bastante, mas aumentou mesmo é a quantidade de gente humilde pelas ruas. Gente que se modificou. Aparecido reconhece profissionais antes qualificados agora se entregando a um comércio de baixa qualificação, que transcorre em modestas barracas de armar. Vê que há administradores, antes de empresas, que hoje só administram, e mal, as suas próprias pernas para correr do rapa quando ele chega implacável, porque estão ali, pelas calçadas, vendendo artigos de contrabando. E psicólogos, sociólogos, advogados que se converteram em motoristas de táxi, ajudantes de pequenos serviços, mercadores inseguros de mercadorias instáveis. E ainda professores, tantos, que nem mesmo aprenderam que a vida pode ser cruel e jogá-los da noite para o dia na miséria. Gente feia, emagrecida, maltratada, nervosa. Aparecido costumava admirar as roupas do povo que vinha ao centro da cidade, gente que só porque vinha ao centro acreditava estar indo a um lugar solene, especial, isso, claro, há anos atrás, essa gente se punha sempre em vestimentas domingueiras. Hoje, não. Nem se fale dos miseráveis, pois esses sempre foram esfarrapados do mesmo jeito, apenas se multiplicaram em quantidade. Mas sim dos modestos, até dos menos modestos, essa é uma gente que passou a andar em tamanho desmazelo que impressiona, misturada aos pedintes nem bem se distingue deles. Tem gente aos montes, que vem tomando as ruas com suas barracas, seus panos estendidos na calçada, suas bandejas sustentadas por tripés, vendendo todo tipo de coisas, doces, roupas, badulaques. E essa gente desalinhada se posta em frente às lojas de comércio, impede a circulação das pessoas, cria uma confusão danada com os lojistas. Só se percebe quem era ambulante, marreteiro ou simples transeunte lá pelas dez da noite, esses vão-se embora e só ficam os vadios se arranjando pelos cantos para dormir. E, claro, agora há, bastante perceptivelmente, os cachorros, quantos são, são tantos que nem mais os enxotam, eles se põem de donos da rua, distribuíram-se por toda parte. E quando foi que eles surgiram assim, em matilhas desorganizadas e desordeiras, esparramando-se por todos os cantos, invadindo os lugares públicos ou privados sem cerimônia alguma, desfazendo os sacos de lixo empilhados nas calçadas e salpicando as ruas com seus dejetos fedorentos? Afinal, não são ratos ou outra espécie mais reles de bichos, são cachorros, existem também em quantidades enormes pela cidade mas jamais foram vistos tantos pelo centro, é como se todos de repente convergissem para o centro à busca de alguma coisa. Que coisa seria essa? É que o centro foi invadido antes por esses seres humanos também desamparados, como esses cachorros, Aparecido pensa que os cachorros vadios procuram o amparo dos desvalidos e vagabundos e assim também procuraram o centro, este centro está ficando insuportável com essa multidão que o invade, dir-se-ia uma multidão de animais, tanto os pobres, os recém-empobrecidos, os mendigos, quanto os cachorros sem dono. E esse tipo particular de seres que ocupa as ruas, que coisa mais impressionante, são seres que não apareciam antes por aí. Não importa, ele repara que à noite, quando até os marreteiros e os ambulantes se vão, sobram os cachorros e os mendigos e há entre esses uma interessante afinidade, como se tivessem adotado uns aos outros. E se aproximam uns dos outros, convivem em harmonia perfeita, dormem lado a lado. Mesmo assim, para tudo deve haver limites, Aparecido se irrita frequentemente com o comportamento a que assiste. Só se lhe pode dar razão. Vejam o que fazem esses canalhas, dão cachaça aos cachorros, num pires. Nem se diga que é por solidariedade, pensa Aparecido. Para Aparecido, esses vagabundos aí não têm do que se queixar. Comem restos que a churrascaria lhes distribui, são sobras dos pratos ou dos espetos, não interessa, e ainda há o dinheiro das esmolas, com o que juntam dele compram pinga e, ademais, às vezes os passantes lhes dão pedaços de comidas, de sanduíches. Ora, é o que intriga Aparecido. Os filhotes dos cachorros são os filhotes deles, que não têm filhos, ou se os tiveram perderam-nos por aí. Os pivetes que frequentam a praça, esses parece que não são filhos de ninguém. Os cachorros não, eles não os perdem, vivem junto deles e os guardam. Então os cães recebem deles o primeiro gole de cachaça, o primeiro naco do sanduíche, a primeira metade de tudo o que comem e bebem. Então. São todos solidários, sim, dividem o que conseguem entre si e com os cães, mas a cachaça é demais, vão acabar por matá-los, só que, ao que se nota, esses pobres cachorros já se habituaram, nem sofrem. Estranha forma de querer bem, espanta-se Aparecido. Que, contudo, traz outros espantos na alma. Aparecido está assustado, hoje, sente muito medo de tudo e de todos, seu olhar vacila em torno, inquieta-se com qualquer movimento à sua volta, por mais banal, teme que algo terrível esteja por abater-se sobre si. Mesmo assim, cumprirá o seu destino. Logo mais, à noite, Aparecido irá afastar-se desse poste, inevitavelmente irá sair a perambular, como sempre faz. Vai encontrá-los, vê-los de perto, como sempre faz. Talvez vá, como sempre, impressionar-se com as novidades que possa ver, decerto irá, está seguro disso. Talvez, porém, encontre a má sorte que o atemoriza.

20

Aparecido aguentou-se no apartamento enquanto pôde. Saía às noites para passear com Petita, já completamente cega mas, esta, recusava-se a sair se não ouvisse o ruído das rodas da cadeira de dona Antonieta ao seu lado, quem sabe o cheiro da dona ainda presente nela, por isso Aparecido levava Petita pela coleira e a cadeira, vazia, sobre a qual atirava uma peça de roupa da finada, ia junto. Os conhecidos se enchiam de comiseração diante daquela cena, os desconhecidos não a compreendiam e a contemplavam com algumas risotas debochadas. Aparecido acordava bem cedo, todos os dias, preparava a comida de Petita e saía sem destino, só para ver a rua. Voltava sempre pela hora do almoço. Num dia qualquer, já esperado, topou na porta do prédio com um oficial de justiça, que iria intimá-lo do inevitável despejo. Aparecido assinou sem ler nem escutar o que aquele homem lhe falava, agarrou o maldito papel que lhe foi dado e subiu. Queria abraçar-se a Petita e chorar. Procurou-a por todo canto, onde é que se enfiou essa cachorra, ia se perguntando, viu a máquina de costura de dona Antonieta encostada, como sempre, à janela, e notou a cadeira onde sua mulher se sentava para costurar na posição em que ficara para sempre, desde que ela deixou de usá-la, a janela, sempre aberta para arejar o apartamento. Algo, entretanto, no silêncio do quarto o atraiu. Petita estava lá, embaixo da cama, estirada como se dormisse, os olhinhos semiabertos vidrados. O facho de luz que a colcha levantada deixou passar se esparramou em torno à sua cabecinha branca, como uma auréola. A cadeira de rodas de dona Antonieta foi o último bem de algum valor de que Aparecido, então, se desfez, para acertar algumas contas que lhe bastassem para manter o nome limpo, como sempre repetia e se orgulhava. O que sobrou não dava para grande coisa, e Aparecido se viu, repentinamente, na rua, misturado aos que a habitavam.

21

Depois de suas conversas com Mirtes, Aparecido entrou em uma confusão enorme de sentimentos, começou a perder a confiança cega que sempre depositara em tudo. Premonitória ou não, uma sucessão de acontecimentos o foi subtraindo ao equilíbrio que sempre dirigira os seus passos pela vida. Pouco tempo atrás, mal havia anoitecido, Aparecido topou com algo que não imaginava. Cruzou a praça, mal desperto de um sono agitado que o acometera de pesadelos tremendos, talvez o sol estivesse forte demais, e estava ainda meio sonolento quando se achegou para perto de uns tipos que conhecia, que costumavam ficar encostados na parede do coreto. Mas esses o trataram mal. Nunca o haviam feito, Aparecido intrigou-se, quis reclamar da maneira brusca com que tentavam despedi-lo dali. Ficou todavia a olhar ora para um, ora para outro, sem bem saber como se dirigir a esses que supunha amigos, companheiros, até que um foi mais direto ao assunto, mandou-o despachar-se e logo, que ele trazia azar para todos. Azar, perguntou-se Aparecido, que azar podia trazer ele, um pobre coitado, para quem quer que fosse? Como se adivinhasse a sua dúvida, o outro ajuntou que Aparecido era um pé-frio, sempre que estava por perto algo de ruim acontecia, e agora vá daqui, disse o mesmo, agora chega, vá embora. Aparecido saiu dali bastante triste, não ousou dizer palavra, de que lhe serviria discutir com aquele sujeito, o coitado estava louco, já se via, mais louco ou tanto quanto todos os outros. Aparecido tinha pena dos loucos.

22

Você deverá sair à noite, como sempre faz, e deverá impressionar-se com o que vê. Mas verdade é que já o impressiona o que vê dessa sua janela, durante o dia, essa transformação enorme, que se dá a todos os instantes, incessantemente, essa transformação que o confunde. A cidade hoje anda povoada de tantos pobres que circulam por aí, mas tantos, que devem mesmo despertar em algumas pessoas sentimentos como desconfiança, temores graves, rancores. Talvez por isso, também há hoje tantos policiais pelas ruas. Eles passam sob a sua janela e provocam os mendigos, os barraqueiros, os mal vestidos, parece que pretendem levá-los a uma reação que justifique reprimi-los. Quando isso acontece, e você já viu tantas vezes, esses policiais são capazes de ações violentas, como das outras vezes, quando derrubaram barracas, atropelaram pessoas indistintamente, criaram um tumulto arrepiante aí embaixo. E, para cúmulo do azar, ainda há os cachorros, essa quantidade incrível de cachorros a agravar a situação. São todos eles seres que não têm para onde ir, perambulam pelas ruas, mas é inevitável que desejem persegui-los, você pensa. Pior sorte, porém, têm aqueles ali. São crianças, mas vivem soltas no mundo e só lhes resta fazer o que fazem, furtam coisas das pessoas e das lojas, enfiam a cara nesses sacos plásticos e aspiram o cheiro acre e alucinante de uma cola amarelada, isso quando não queimam umas pedras estranhas e ficam sorvendo a fumaça entre espasmos que estremecem seus membros e retorcem os seus olhos em movimentos assustadores. E se deitam onde podem, os passantes precisam saltar sobre os seus corpos prostrados para seguir caminho. E causam medo aos demais, embora no fundo tenham elas medo, muito medo dos demais. Você fica aí, observando. Quem sabe essa gente irritada, essa polícia toda não apareceu por aqui mais por causa dessa molecada, ou só por causa dela, que é folgada mesmo, faz o que quer e provoca todo o mundo, o tempo todo. Esse de agora, que você presencia sendo seguro por uns transeuntes. Esse lhes grita insolentemente, só me restou uma coisa: vou roubar de quem tem, me deixaram sem nada. E insiste, me dá pena é dos pais de família, dos filhos de família humilde, como eu, mas roubo esses também, não posso fazer outra coisa, sou eu ou eles. Você fica aí a pensar, e Jacinta, onde andará Jacinta, é certo que no tempo de Jacinta ninguém falava assim, não era assim, mas ela, brava como era, se estivesse por aí talvez pudesse fazer alguma coisa.

23

Aparecido saiu do apartamento com a roupa do corpo. Nunca mais voltou. Não iria assistir à cena do seu despejo, rever a mobília pobre que ficaria para trás, onde guardá-la, afinal. Dela, dispôs por alguns trocados. Não quis fotografias, recordações, para que, para nada. Levou consigo, apenas e por pouco tempo, a cadeira de rodas de dona Antonieta, sem saber ao certo por quê. Talvez nesse dia começasse a variar sem perceber. Recolheu o corpinho desengonçado de Petita e foi enterrá-lo na praça, depois de perambular com ele nos braços até a noite cair. Nessa noite dormiu sobre o túmulo da sua pequena companheira, cobriu-o de lágrimas. E passou a dormir e a viver ao relento, como sabemos.

24

E essa fauna que habita as noites, Aparecido, é uma coletividade que, aos seus olhos, em nada difere daquela que percorre os mesmos lugares durante o dia, em boa parte é até a mesma, você até estranha quando lhe ocorre que haja quem pense diferente. Todos são parte da vida, da vida dessa cidade infernal onde você presencia mudanças tremendas todos os instantes, mudanças que não chega a entender, que se há de fazer, o seu entendimento é curto, talvez pela idade, seja lá como for, isso é o de menos. Mas você sabe que tudo isso é a vida dessa cidade, a vida desse país, que de lugar para lugar as coisas não diferem tanto. E fica a pensar no que vem a ser a vida, esse fenômeno notável e desconcertante. De uma coisa, Aparecido, você sabe. A vida se faz, a vida não é um fenômeno que nos aconteça e que sigamos, simplesmente. Não fosse assim, não se diria que Lourdinha já fez a vida, que Rita, bem ou mal, ainda faz. Que vida, porém, é essa que se faz e que resulta nesse malogro, nesses estropícios largados pelos cantos da rua, nessas figuras a cada dia mais gastas, cansadas, sem viço? Fazer a vida, a própria vida, não haverá de significar o poder de fazê-la como a idealizamos? Logo estará você a cogitar, que vida é esta que eu me fiz. Melhor que não pense nisso, Aparecido, você irá ficar triste. Pense diferente. A vida está feita, pronto. Deixe-a correr, simplesmente.

25

Têm a noite à conta de silenciosa, mas, o que é a noite, o que é o silêncio? O silêncio, a Aparecido lhe parece, é um conjunto de sons quase imperceptíveis. São os sons que Aparecido deixa inundarem a sua alma e tenta reproduzir, como se fossem música. Pois os sons da noite, para Aparecido, são música. Não são senão isso, a noite, de fato, não é senão isso, sons e música, vejam vocês o que é a noite, o que se passa à noite. Há inúmeros ruídos, diferentes movimentos, muitas figuras, à noite. Uma dessas é européia, não se sabe de onde, dizem que polaca. Chamam-na Maria das Gerais, mas, se conheceu Minas Gerais algum dia, terá sido de passagem, nas andanças da putaria, pois era puta, consta que belíssima e cobiçada, dizem que cobrava o que queria e gastava tudo com um cafetão e com os luxos. Ainda agora é cobiçada, mas pelos da praça, que a disputam pelas madrugadas, quando ela já vai tão bêbeda que nem percebe o que se passa em torno, é de se imaginar até que nem nota quando um se encosta e se serve dela. À noite, quando tudo o que se pensa é que reina o silêncio, ainda se ouve o rumor entrecortado dos gemidos desses que se avançam para cima de Maria das Gerais, são uma espécie de vagidos que somem nos escuros da noite, como se a escuridão pudesse abafar esses sons, essa melodia noturna, como se pudesse disfarçar que a vida continua, em seu ritmo incessante, em sua trajetória inevitável.

26

Aparecido está tomado de pavor, um pavor crescente, saiu caminhando pelas ruas e evita os aglomerados de pessoas, anda rente à guia das calçadas. O sol vai alto, a noite ainda tardará a chegar, mas ele teme e está atento, apura o ouvido, tudo que ouve parecem-lhe ser coisas graves, que o impressionam. Aquela gente que se entrecruza nos caminhos fala coisas estranhas, que nunca lhe passaram pela imaginação ouvir. De repente, Aparecido viu um grupo organizado a um canto, foi passando e ouviu, ouviu e mal acreditou. Ouviu alguém que dizia que ser policial hoje na rua é muito mais difícil do que ser policial no tempo em que ele era segundo tenente. Como pode ser isso, cogitava Aparecido, sou tão idoso quanto esse sujeito, se naquele tempo os delinquentes eram outros e em menor número, a polícia também era mais reduzida e diferente, não andava por aí com essas viaturas pesadas e essas armas assustadoras. E esse tipo ajuntava que naquela época, você olhava para um cara e o neguinho já parava, é o que dizia o tipo, e insistia, se não parava e se olhava feio você já começava dando um tiro no vagabundo. Aparecido se impressionou, o tipo estava falando a um grupo diante de si, um grupo intimidado de homens em farda, mas para Aparecido não podem existir policiais intimidados, então ele pensou que talvez as pessoas tivessem razão, ele era mesmo doido ou coisa parecida, e o tipo gritava com os outros que no mês passado lhe chegou uma denúncia, olha, toma cuidado, o senhor faz uma preleção na companhia e os caras gravam tudo, depois mandam a fita para a Corregedoria. O tipo estava nervoso, percebeu Aparecido, porque exclamava vão tomar no cu, se querem me gravar, eu poderia muito bem no mês passado dar uma incerta e pegar o vagabundo que estava sentado ali com uma bosta de gravador ou fazer uma revista aqui mesmo em vocês e pegar agora essa merda. E, continuava, mas é uma coisa tão pobre, tão mesquinha, a minha proposta é tão maior do que isso, que eu quero que vá tomar no cu quem vai editar ou fazer alguma coisa contra a minha pessoa, eu quero mais é ver se alguém tem colhão.

Aparecido, discretamente, se escondeu atrás do poste mais próximo e apurou o ouvido, o tipo sem dúvida não estava para brincadeiras, logo falava que é por isso que estão nessa veadagem da Corregedoria, da Ouvidoria, e falava, eu estou cagando e andando para isso. Os outros o escutavam, sempre quietos, o tipo mais se irritava. E se passar a fita tem que passar inteira, entendeu, não tem que passar só o pedaço em que eu digo que o ouvidor é um cuzão, tem que passar inteira, para ele ouvir que ele é um cuzão porque fica dando ouvido para policial de má conduta, safado e sem vergonha, que quer denegrir a Polícia Militar. Ora, imaginava Aparecido, por que é que alguém da Polícia Militar iria denegrir a própria Polícia Militar, mas o tipo não se cansava, se é para passar inteira, pode passar até para o boneco do Governador, para esse boneco que está comandando aí o Estado, que a minha proposta é andar na rua, é passar a olhar o cidadão, é para não ser cuzão, para trabalhar para a comunidade, é para ser profissional. Pior, agora eu sou obrigado a elogiar o Governador. Tem que acabar essa merda, porque nós não temos comando nessa bosta, não temos vergonha na cara. Aparecido se escondeu o mais que pode, o tipo pareceu-lhe que ia morder os que o cercavam. Nós queremos é estar na pilantragem, na vadiagem, é isso que todos nós queremos, nós não somos profissionais. E olha, eu não devia falar o que eu vou falar. Vou dar uma de acerola, que uma acerola vale por dez laranjas. Eu tenho informações seguras de que nesta minha companhia nego está tomando dinheiro de comerciante. Quem tiver aumentado patrimônio, abra o olho, abra o olho, eu não devia estar falando isso para vocês. Quando nós pegamos o soldado Ribas fazendo isso, vocês estão sabendo da conversa do Ribas aí, não estão, tomou 250 paus do cara, o capitão nem sabia. Então, já falei uma porção de coisas, já foram me levar na Corregedoria, foram me entregar na Ouvidoria, falaram que iam gravar as reuniões que eu faço na companhia. E eu continuo mantendo, mesmo com gravação, tudo o que eu falei.

Vagabundo é caixão, não tem chance. E vagabundo com farda é a mesma merda. Vai para o inferno, não tem chance. Estão gravando esta merda? Então, repito outra vez. Vagabundo é caixão. E policial vagabundo é caixão também, não tem chance. Eu não admito que policial meu tenha intimidade com vagabundo. E agora vão cumprir o seu dever, seus molengas, quero ver quem é que fraqueja diante dessa vagabundagem aí. Então, é isso, pensou Aparecido. Mas Aparecido tremeu, vagabundo era alguém exatamente como ele, era para cima dele que aquela gente ia crescer e logo. Agarrado ao poste, Aparecido olhou em volta de si, amedrontado, mas a cidade era a mesma de sempre, as pessoas iam e vinham, como sempre, os policiais que vira reunidos já com certeza se haviam dispersado ou fora tudo imaginação sua, pensou então que uma vez mais ouvia vozes, é porque ele era louco, e assim é como diziam, ele vai ver que era, mesmo, muito louco. Deixou o poste em que se segurava sem precisar, só porque precisava de vez em quando abraçar alguma coisa, e foi andando, sem destino, ele há muito que não tinha destino certo, não que se lembrasse. Foi nesse caminho que, às tantas, se deteve, o sol batia forte nos seus olhos e ele os entrecerrou, quando ouviu a voz daquele homem outra vez. Aparecido mal se refez do susto, nem ousou abrir os olhos quando sentiu a mão que agarrou o seu braço e o sacudiu para um canto de muro. Então a voz do homem lhe perguntou, com um tom que pareceu irado a Aparecido, não lhe pedi para avisar os outros? Por que é que eles não estão sabendo de nada? Aparecido entendeu que devia primeiro cumprimentá-lo, como vai o senhor, pois não se recordava de pedido algum que o outro lhe tivesse feito, a voz do homem mal lhe respondeu que estava indo mal, muito mal, ninguém o compreendia, e bem que ele havia pedido a Aparecido que avisasse os demais, que em breve as maravilhas se revelariam, que tudo iria melhorar, mas o que lhe parecia é que não havia ninguém que acreditasse nisso, era um absurdo. Aparecido mesmo, insistia a voz do homem, estava ali de olhos fechados com ar de temor profundo, não havia motivo, iriam salvar-se todos, iriam beneficiar-se das maravilhas da vida, Aparecido então achou de omitir seus outros receios, explicou-lhe que o seu medo era por causa do que ouvira momentos antes, e relatou em poucas palavras tudo o que se passara. Finalmente a voz do homem descontraía-se, esse que você ouviu é um amigo, um amigo meu, um amigo nosso, confidenciou a Aparecido, você não deve temê-lo, ele exagera um pouco, mas é amigo. E, como surgiu, a voz se foi até desaparecer, não sem ir de tanto em tanto repetindo a Aparecido, tudo o que está acontecendo é inevitável e necessário, não o tema, ele vai ajudar, vai ajudar, logo as maravilhas ocorrerão. Aparecido teve, então, coragem de abrir os olhos que tornaram a se ofuscar pelo sol que batia forte, incendiando o reboliço de cores que era o movimento de toda aquela gente na cidade.

27

Aparecido passou o dia a rodar pela cidade, em algum momento esteve ao pé de um poste, onde um cachorro urinara minutos antes, deteve-se a olhar aquela urina ligeira, mal recortada no calçamento, nem bem distinguiu o que o desenho da urina lhe poderia revelar. Aparecido acredita haver um sortilégio qualquer nas formas que os líquidos assumem quando se derramam. E Aparecido pôs-se a lembrar de uma noite em que vira um desenho igual, ou quase, a correr pelo calçamento onde estava, só que esse desenho saía debaixo das suas próprias pernas, ele sem se dar conta urinara, nunca antes urinara assim, sem perceber, deixando a urina escorrer por dentro das calças, até o chão. Nessa noite, Aparecido riu muito com esse acontecimento, entendia que era uma distração sua, não seria outra coisa, que coisa mais maluca, mas era como devia ser, ou não devia, ora, ele era ou não era maluco, pois é, é o que todos diziam. E riu tão alto, Aparecido, naquela noite, que atraiu sobre a sua figura a irritação de uma voz bastante áspera, que lhe rugia que sumisse dali, o que é que ele estava fazendo ali, e ele se recorda de como ainda respondeu que estava ali como podia estar em qualquer outra parte, ao que a voz lhe retrucou que fosse então bater com os costados em outra parte, que ali ele estava incomodando. Ora, pensou Aparecido naquela mesma noite e naquele mesmo instante, eu bem conheço essa voz que assim fala comigo, se não é a voz de Jacinta, é ela mesma, e claro que era, pois vinha das mesmas moitas onde Jacinta costumava se esconder para as suas necessidades. Aparecido tomou-se de coragem, não que fosse enfrentar Jacinta, isso nunca, ele gostava dela e não se irritaria nem mesmo com a forma rude com que ela lhe falava, mas foi para se explicar que se aproximou da touceira de mato e então viu o que não devia ter visto, Maria das Gerais estava ali, enlaçada ao corpo semi-erguido de Jacinta, a nudez de ambas reluzindo de suor à claridade suave da lua. Aparecido envergonhou-se muito de haver devassado aquela intimidade sem querer, mas foi a mesma Jacinta que lhe disse, é você, louco, vai embora daqui, vai, se é você não tem importância.

28

Você começou a ver, é coisa de dias, talvez umas poucas semanas, mais ou menos. De uns tempos para cá as ruas se encheram de policiais. Perseguiam os pivetes, batiam neles e os jogavam em uns camburões de qualquer jeito, mas em pouco tempo eles estavam de volta para tudo se repetir. Só que piorou. Agora começaram a perseguir os mendigos para expulsá-los das ruas. Para onde vão expulsá-los, senão para outras ruas, já que eles não têm senão as ruas para ficar? Não é como os cachorros, que eles caçam com a carrocinha e levam, segundo se diz, para fazer sabão, segundo se sabe só para matar e cremar. Decerto seria demais pensar que eles vão começar a fazer sabão com os mendigos também. Ou matá-los e cremá-los. E você não entende nada, o pensamento que lhe ocorre é o que ocorre a tanta gente, os mendigos não perturbam, quem perturba são os moleques delinquentes, tão pequenos e já tão violentos, mas, que raios têm os mendigos a ver com esses meninos rebeldes, que criam caso e fazem estrepolias? Dessa janela, você sente um ódio enorme por esses pivetes, que chutam os cachorros, que atacam sem piedade todo mundo, que fazem coisas que nenhuma maldade, por mais feroz, jamais admitiria. Ah, se Jacinta ainda andasse por aí. Jacinta interferiria, não iria deixar essas coisas acontecerem assim, debaixo do seu nariz, não Jacinta. Onde andará Jacinta?

29

Aparecido foi o último a ver Jacinta. Certa noite, ela saia de trás de sua touceira no jardim e ao vê-lo sorriu, disse-lhe qualquer coisa a respeito de como seria melhor que se abrigassem da chuva que se avizinhava. Ele a acompanhou até debaixo da marquise do restaurante, que já fechara, deixando os latões e os sacos de lixo acumulados na calçada para o caminhão da limpeza pública recolher mais tarde. Algumas pessoas estavam ali, a vasculhar, mas o que pudesse haver de melhor o próprio dono do restaurante já mandara distribuir entre o pessoal que dormia pela praça, como sempre fazia, então pouco se demoraram e logo sumiram dali deixando Aparecido e Jacinta a conversar, sentados no chão. Jacinta estava excitada e falava sem parar, Aparecido apenas ouvia, não era tudo o que alcançava entender mas esse era o seu habitual, quem com ele conversasse pouco se importava com isso, nem esperava resposta. E Jacinta lhe falava do seu medo de morrer, sobretudo de morrer por ali, longe da sua terra, que ela sabia que se continuasse por ali não ia durar muito. Quando Aparecido adormeceu, ainda com as costas apoiadas no muro frio do edifício, Jacinta continuava a falar infatigavelmente. No dia seguinte Aparecido revelou, aos que lhe perguntaram, que não estranhava que Jacinta tivesse sumido, pois se lembrava de ela lhe haver dito algo como ir-se embora, de volta para a sua terra, com um casal que se prontificou a levá-la. Pena que Aparecido não se recordava de mais nada, até porque dormira, o povo queria saber mais e não o perdoava por não saber.

30

A animosidade que Aparecido passara a sentir nos demais para consigo, que se agravava a cada instante, já quase ninguém lhe dirigia a palavra, os mendigos o repeliam ostensivamente e o resto da gente sempre o evitara, essa animosidade ele a sentia agora, mais viva, nos olhares que cruzavam seu caminho, que o fixavam desde longe e o perseguiam até que sua imagem se desmanchasse na distância. Aparecido estava agarrado a uma árvore, um pouco para descansar daquela andança sem fim e um pouco pensando com razão que nada mais lhe restava senão se abraçar a alguma coisa, pois Jacinta e Mirtes sumiram dali, os outros deram de não aceitá-lo por perto, os cachorros, se não lhe faziam mal, não lhe faziam bem, já dele se esquivavam há muito tempo, apenas deixaram de latir toda vez que o viam. Só por costume, sabia ele, só por estarem acostumados à sua figura, nada além disso. E ele sabia que o medo que sentia não era senão o medo de morrer, outro não era, era esse medo que o deixava daquele jeito. Aparecido estava assim, tão triste que se assustou quando ouviu uma voz atrás de si, a chamá-lo, meu amigo, que bom que o encontro por aqui. Ele apertou os olhos, incrédulo, era outra vez a voz daquele homem. Nunca a ouvira tantas vezes e no mesmo dia, Aparecido sentiu que boa coisa não podia ser, espremeu ainda mais os olhos e a voz do homem denotou haver percebido esse gesto. Meu caro, disse-lhe a voz do homem, foi mesmo muito bom encontrá-lo. E pôs-se a dizer coisas que Aparecido tentou entender, esforçou-se mesmo, mas lhe pareciam inacreditáveis, o homem também, santo Deus, o homem também tinha queixas severas contra ele, como é que ele não cumpria o que haviam combinado, e Aparecido sofria com isso, tornou a dizer-lhe que não se lembrava de combinação alguma, a voz do homem então lhe repetia e repetia, nós não acertamos que você preveniria os outros, que eu estou querendo salvar a todos, por que não o fez, por que é que os outros não estão sabendo de nada, eu o estou seguindo o dia inteiro e você não está cumprindo o nosso trato, queremos que todos vivam as maravilhas que esta vida pode ser e não está sendo, mas estamos perto do fracasso e a culpa é toda sua, se eu não conseguir a culpa é sua. Aparecido tentou argumentar que não sabia bem, nunca soubera bem o que é que devia dizer a quem quer que fosse, não podia ter culpa de coisa alguma, mas a voz do homem foi peremptória, eu estou tentando, disse-lhe, estou tentando, mas você não me ajuda em nada. Aparecido apenas se lembra de ter abraçado a árvore com força, encostado o rosto na sua casca enrugada e segurado um rancor imenso que o tomava, se o outro vacilasse ele iria arrebentá-lo de pancadas ali mesmo, que Deus o perdoasse. Mas, quando se acalmou e virou o olhar para onde devia estar o homem, não viu senão a paisagem ensolarada da tarde com suas muitas figuras remexendo em uma profusão de cores e movimentos, até para bastante além do jardim da praça.

31

Você reconhece esse novo motorista que estacionou o seu táxi no ponto próximo à esquina; de onde é que o reconhece? Ele lhe lembra um moço que trabalhava no prédio em frente, exatamente, parece-se em tudo com aquele moço mas, decerto, é engano seu, aquele era um rapaz alegre e bem trajado, esse nem gravata usa, tem um ar abatido, triste, pode-se bem ver que é um sujeito humilde. Os outros motoristas o tratam bem, você repara, conversam com ele, devem querer estimulá-lo nesse seu primeiro dia de trabalho novo. Coitado, o movimento dos táxis por aí caiu muito, quando fazem umas três corridas por dia cada um é uma alegria, se ele está esperando ganhar a vida nesse trabalho vai se dar mal, mas é bonito ver como os outros tratam com carinho esse que vem dividir com eles as poucas corridas que conseguem. Só que hoje a praça está indo bem, olhem, ele já está no primeiro lugar da fila, finalmente vai ter o seu primeiro passageiro. Que tenha sorte. Mas, percebam quem sai do prédio em frente, é o senhor idoso que você viu tantas vezes em companhia daquele rapaz que sumiu daí, aquele que se parece tanto com esse motorista novo do ponto de táxi. Se você prestar atenção, pois esse senhor se dirige ao primeiro táxi da fila, e é justamente o desse motorista novo, ele decerto vai achá-lo parecido com o outro como você acha, vamos ver como reage, algum comentário a esse respeito lhe irá fazer. Só que, é incrível, o senhor mal viu o rapaz e lhe virou as costas, deve ter desistido de ir de táxi, claro que o rapaz não se mexeu de onde estava e pronto, você ficou sem saber se, como você, o senhor o considera parecido com o seu antigo companheiro. E esse som esquisito que lhe sai da garganta, não se acanhe, é um vagido de insatisfação, você não pode contê-lo, é triste mesmo ficar aí, de onde você fica, a espionar a vida sem lhe conhecer os antecedentes, os desdobramentos, sem perceber nada além das fulgurações de cenas momentâneas.

32

Ontem ainda, Aparecido esteve no bar daquela ruazinha lateral, que nunca se fecha, ali lhe deram algo de comer e ainda bicou um tanto da cerveja de um bêbedo que precisava muito conversar com quem quer que fosse. Quando o bêbedo adormeceu, a cabeça pendurada no balcão, Aparecido achou que era hora de partir e se foi noite adentro, metros adiante se deixou atrair pela barulheira que vinha de um canto da praça. E ali estavam, uns postados contra a parede, outros a ameaçá-los, o camburão de portas abertas encostado ao meio fio. De repente, um estava mais exaltado, um estava mais nervoso, sempre há um mais nervoso, parece que o aborreceram tanto que ele se exasperava. Aparecido ficou à distância, não iria se enfiar ali, naquele ajuntamento. Ouvia só o que falava aquele ali. Eu quero que um se mexa, para eu matar, estão ouvindo, quero que um se mexa! Eu quero que um veado se mexa, seus veados do caralho! Porque vocês são uns cuzões do caralho, estão sabendo? E aí, qualquer um, paga sapo para mim para ver se não mando bala! Paga sapo para mim! Seus cuzões! E vamos calar a boca! Cala a boca você aí! Cala a boca e fica na moral, seu ladrão de merda! Estou louco para sentar o dedo em vocês, estou louco! Pena que só tem cu nessa cidade! Você também, negão, está pensando o que, encosta aí! Eu quero ver todo mundo encostado e quieto! Encostado e caladinho, vai para a frente, se mexer daí vai tomar tiro! E aí, seu burro, virado para a parede, virado para a parede, encostado senão toma tiro. Negão favelado, você vai tomar um tiro bem no ó, no fiofó, aí no dez, no zerinho! Pensa que eu não vou esculachar ladrão, vou esculachar ladrão, sim! Vai tomar tiro ainda, porque eu quero ver um cu triscar, se triscar leva balaço. E agora vem de um em um. Vão entrando aí, de cabeça abaixada e mãos nas costas, você aí, anda. Está olhando o que? Vocês não estão botando fé que eu vou dar um teco em vocês, não é? Você aí, paraíba, vamos logo, vai levar uma bicuda já, já. Está vendo o que é bom, seu bosta, se tivesse ficado no Ceará não estava nessa merda, agora. Aparecido seguia ali, plantado naquele seu posto de observação cauteloso, nem sequer sabia o nome dessa pessoa que falava essas coisas, como talvez ninguém ali soubesse, mas isso pouco importava, ela e as demais sempre foram para Aparecido uma realidade inimaginável, essa transformação que todas as pessoas sofreram é que lhe soa sempre impressionante. À distância, vislumbrou uns mendigos que conhecia, postados discretamente a observar a cena, com a dissimulação que pôde rumou na direção deles. Estava a uns tantos metros de distância quando os ouviu dizer não se achegue, não se achegue, seu peste, você sempre está onde tudo dá em merda.

33

Os mendigos encararam Aparecido com um jeito que ele nem mesmo estranhou. Cercavam-no, eram muitos, talvez fossem agredi-lo, Aparecido apenas aceitava a situação porque já suspeitava que um dia iria acontecer. Não que entendesse o que se passava, não que admitisse haver razão naquilo pois não via razão alguma, conformava-se com o fato, apenas. No seu curto entendimento, esse fato se desenhara havia muito tempo, se ele não conseguia compreender é porque era doido, como diziam, mas aquela gente toda, em sua loucura pessoal, entrara em conflito com a loucura dele, isso era visível, e não havia força humana ou sobre-humana, ao ver de Aparecido, capaz de resolver um conflito entre loucuras antagônicas. Então ele admitia o que pudesse lhe passar, sem maiores ressentimentos. Os demais eram loucos que se abateriam sobre ele, ele, igualmente louco, movidos apenas pelas motivações da loucura, nada senão isso, que fazer. Os mendigos cercavam Aparecido e lhe gritavam coisas. Os doidos não gritam coisas com nexo, pois somente gritam, sempre gritam, uma das peculiaridades dos loucos é que se põem a gritar, sem mais nem menos, à toa. Aparecido olhou em torno, não havia uma árvore, um poste sequer, nada onde se pudesse agarrar, isso era sem dúvida um péssimo sinal, pensou, estou à mercê dessa gente. E finalmente iam abater-se sobre Aparecido, iam rasgar-lhe mais as roupas já rotas, iam estropiar-lhe ainda mais o corpo já sofrido, iam sacrificá-lo, a ele, que era um sacrificado desde sempre. Mas surgiram os cachorros. Vinham latindo, e latindo assustadoramente, de todos os cantos da praça, detiveram-se em volta daquele ajuntamento e se mantiveram latindo, latindo sempre, até que o último se dispersasse, entre eles Aparecido, que saiu correndo sem direção alguma. Só queria estar longe dali o mais depressa que pudesse. Na sua carreira desabalada ainda ouviu uma voz ao longe que lhe berrava que ele ainda ia se arrepender, que seu momento iria chegar, que esperasse. Essa noite Aparecido vagou por ruas que nunca percorrera, enfiou-se em becos ignotos, aguardou aflito que a manhã raiasse. Logo cedo misturou-se à turba que inundara a cidade e passou o dia sem pregar olho, a andar, sempre a andar, sem destino definido, pois não o possuía. Pela primeira vez na vida temia que a noite voltasse.

34

Você viu como tudo vem acontecendo, nestes dias, foi inesperadamente que a situação foi se precipitando. Houve uma batida policial, houve outra, e outra, principiaram expulsando os pivetes, depois os mendigos, finalmente os marreteiros, até os ambulantes, vinham uns brutamontes com farda e sem farda, todos derrubando as barracas, chutando as quinquilharias que estavam expostas em umas lonas pelo chão, quebrando e destruindo tudo, agredindo as pessoas. Logo no outro dia essa tropelia virou um inferno, gente correndo para todos os cantos, se enfiando pelos bares que tentavam baixar as portas. O comércio inteiro baixou as portas. O corre-corre se transformou em batalha campal, o quebra-quebra que se seguiu armou-se em um alarido terrível, gritos de horror e de desespero, de fúria e de ódio, vidraças estilhaçadas, portas de ferro que se amassavam aos pontapés. E vieram os cavalos. Seu tropel se ouvia ainda à distância mas você pressentiu, você aí no seu lugar de sempre tremia e se agitava, de sua garganta não se produzia nenhum som, só um ofegar aflito, era espiar aquela bagunça e nada mais, nada havia a fazer. E os cavalos arremeteram desde a praça por essa rua em frente, mas perseguiam não só os ambulantes e marreteiros, perseguiam os pobres, os mendigos, os cachorros, que corriam espavoridos e latiam alucinadamente. Você imaginava, do seu canto, se por acaso esses cachorros todos, esses pobres todos e os ambulantes, os marreteiros, se eles se unissem, a coça que não davam na polícia e nos esbirros que a ajudavam, porque você se sentia penalizado com o que via e se solidarizava com os perseguidos, a sua vida inteira tem sido assim, é com esses coitados que se identifica. Só que não foi como você imaginou, dessa vez a polícia levou a melhor, o tumulto ainda demorou por horas a fio, o comércio nesse dia não reabriu mais, até que tudo se acalmasse e as ruas se esvaziassem a manhã correu inteira, houve espancamentos graves, que deixaram manchas de sangue no calçamento. Ah, se Jacinta ainda andasse por aí, você pensou. Mas, os dias foram passando, passando, em pouco todos

150

foram voltando e retomando seus lugares de sempre, aí estavam os marreteiros, os ambulantes, os transeuntes humildes, os pedintes, os cachorros, tudo como se nada fosse, mas não é assim, você sempre adivinhou que não podia ser assim, que um dia tudo se transtornaria outra vez, e outra, e outra, até quando é o que você se indagava naquele instante e ainda se indaga. A saudade de Jacinta era e é sempre um aperto no seu coração, como você gostaria que ela surgisse de repente.

35

Nas suas andanças pelas ruas Aparecido já viu muita gente, gente de todo tipo que nunca o molestou, só se chamar a alguém de doido é molestar, mas como Aparecido nunca se aborreceu com isso nunca se sentiu molestado por ninguém. Nem sequer a animosidade dos demais, que de repente ficaram esquecidos das ameaças mas se puseram a evitá-lo, o incomoda muito, porque ele entende que todos os demais são loucos e estão tomados pela sua loucura, é só isso. Perceber que, agora, ele anda com medo é que o desnorteia. Mas verdade é que tudo o atemoriza, sente-se frágil diante das pessoas, aterrorizado com a multidão, se há uma agitação qualquer ele se põe o mais esperto que pode para se esconder. É que as pessoas, todas indistintamente, eram antes cordiais, benévolas, foi de repente que passaram a aparentar o ódio, a tristeza, o abatimento dos ânimos, a frouxidão das vontades, a cultivar rancores mortais, foi de um momento para outro. E assim se tornaram como se percebe, sombrias. Mesmo se lhes faziam alguma desfeita, e tantos fizeram a tantos, tantas vezes, elas ainda assim traziam um certo refinamento superior, sabiam ser elegantes e manter a altivez diante do desaforo. Para os da sua cor, Aparecido ouviu dizer um dia o patrão a um rapaz, você é um sortudo, meu velho, você chegou bem perto de um absoluto sucesso na sua vida profissional e eu tenho orgulho de ter participado da sua vitória. Aparecido pensou, abraçado ao poste em que estava, eis aí um da minha cor que é bem diferente do que eu sou. Aquela cena trouxe a Aparecido lembranças vagas de outra, de muitos anos atrás, que se passara com ele próprio, mas decerto que não tinha nada a ver. E o rapaz sorria ao homem, Aparecido notou que ele parecia pensar consigo que ainda chegaria mais longe, bem mais longe do que o outro poderia supor. Era diferente, mesmo, lembrou Aparecido, comigo não foi assim. Eu nunca pensei em ser nada muito grande, só não sabia que ia virar o que sou. Aparecido olhou aquele rapaz com admiração. Mas Aparecido o viu no outro dia, a cortar uma rua. Ia cabisbaixo, carrancudo, acabou trombando com um sujeito que ia em sentido contrário e lhe gritou um palavrão. Esse também, pensou Aparecido, esse também, se transformou, quando foi que se pôs sombrio? É mais um, compadeceu-se Aparecido. De um instante para o outro, também aquele rapaz passara a ser um sujeito de semblante ensombrecido, o que traía muitas amarguras, estaria decerto às vezes rancoroso, outras tomado de maus instintos, fenômeno que, aliás, havia exatamente sucedido com os demais, assim, como que de repente. Que lhes teria acontecido?

36

Manoel chegou-se até onde Mirtes repousava, agachou-se para um carinho na cabeça do cachorro que veio ao seu encontro. Com seu jeito aflitivo de espiar pelo canto dos olhos todo o tempo, deixou que a voz lhe saísse num cochicho quase inaudível para indagar se Mirtes se resolvera sobre a sua proposta, não podia esperar muito mais. Mirtes limitou-se a perguntar-lhe se queria uma resposta naquele mesmo instante, Manoel replicou-lhe que decerto que sim, já aguardara demais. Então é não, disse-lhe Mirtes sem mais nem menos, e aconchegou-se melhor no seu cobertor, dando por encerrada a conversa. Manoel demorou-se um tempo a fitar Mirtes, com uma expressão que fez o cachorro dela afastar-se para junto da dona e colocar-se de guarda, mas Manoel se ergueu, suavemente, e partiu sem dizer palavra.

37

O que estará acontecendo, pensa você nesse seu canto. Por que é que esse pessoal anda assim, tão agitado, falando coisas tão agressivas, ainda bem que vem aquele outro, parece que vai acalmar aos demais, tem um ar de autoridade, deve mandar neles, ainda bem, só assim a situação se abranda, já não era sem tempo. Devagar, devagar, gente. Não se gasta vela com mau defunto. Já eu penso que não precisamos sujar as próprias mãos. Essa cambada não resiste aos nossos cavalos, aos nossos cachorros, que são treinados até para matar, se for preciso. Olhem a imprensa aí, nós vamos nos desgastar, para que? Vagabundo é vagabundo, não vale o trabalho da gente se explicar. É soltar a cavalaria e a cachorrada para cima deles, vamos ver quem fica zanzando ainda por aqui. O que você vê, dessa sua poltrona, é uma gente quieta, que ouve essas coisas e não faz nem sim, nem não. Ouve, só, como você só ouve, sem aparentemente saber por que é que se dizem essas coisas, para que. E você, intrigado, daí dessa sua poltrona. Onde andará Jacinta?

38

Uma noite Aparecido estava escarrapachado ao lado de Mirtes, que falava sem parar, daquele seu jeito doce e gostoso, contava histórias e mais histórias, Aparecido se deleitava. Então o olhar de Mirtes se pôs grave, ela puxou o cão para o seu colo e disse entre dentes para Aparecido, veja, querido, um dia essa gente aí vai começar a matar, não demora muito. Aparecido surpreendeu-se, matar quem e por que, indagou, e Mirtes cochichava, enquanto o olhar assustado varejava em torno, matar para viver, meu bem, matar para viver. E Mirtes lhe dizia, essa gente aí mal tem com que sobreviver, cada vez vai ter menos, e cada vez vai ter mais gente, cada vez mais gente. Aparecido sorriu para Mirtes e lhe disse que de um jeito ou de outro todo mundo ia se arranjando, visse ela, por exemplo, ela fazia suas bijuterias para vender, não lhe faltaria com que viver. Mirtes murmurou apenas Ah, isso, e desenhou no rosto uma expressão de tristeza muito grande. Depois entendeu o olhar parvo de Aparecido e explicou isso, querido, isso eu faço só para ter um dinheirinho com que me virar, eu não gosto disso, ninguém é feliz fazendo o que não gosta, eu gosto é de dançar, mas dançar eu não posso, você sabe, e mesmo isso que eu faço não me ajuda em nada, só faz aumentar a raiva dos outros. Aparecido não compreendia e quis saber, que raiva pode essa gente ter de uma pessoa como você, e Mirtes se irritou com a pergunta, exclamou que era a raiva de não conseguir sobreviver, essa era a raiva, e disse Mirtes, por isso é que vão começar a matar, se é que já não começaram, vão matar porque a raiva vai aumentar, vai aumentar muito, vão matar por matar, uns aos outros e aos demais. Ainda bem que você tem o seu cachorro, retrucou Aparecido, mas Mirtes lhe fez um afago na nuca e acrescentou, você não entendeu, amor, os cachorros logo vão precisar defender-se a si próprios, a mais ninguém, não haverá quem se salve ou quem nos possa valer.

39

Cici, foi o que chegou aos ouvidos de um atônito Aparecido, Cici, assim mesmo, tal qual dona Antonieta costumava chamá-lo, com a mesma meiguice no tom de voz, a mesma doçura, Aparecido se pôs a olhar em volta desesperado. A tarde ia em meio, Aparecido não havia comido nada ainda, até aquele instante, mas o suor que lhe molhava o rosto não se devia ao sol ou à fome, ele temia pela aproximação da noite e dos perigos que ela lhe traria. O homem saiu de trás de um ônibus que estacionara em seu ponto, Aparecido entendeu que realmente era um péssimo sinal, encontrá-lo no mesmo dia tantas vezes, e se perguntou como é que não o havia percebido ao atravessar a rua. Ele vinha carrancudo, passou por Aparecido e aparentemente não o notou. Nem bem Aparecido ia seguir caminho, porém, ouviu a voz soar bem nítida aos seus ouvidos, não lhe disse, foi o que ela exclamou, não lhe disse, meu amigo, você nunca botou fé mas tudo está melhorando, não é verdade, e Aparecido não sabia o que dizer, pego de surpresa nem mesmo sabia como se safar dali. Aparecido não se voltou para encarar o homem, queria esquivar-se o mais depressa que pudesse, mas temeu pela reação que o outro pudesse ter, então quedou imóvel, fingiu um incômodo nos olhos para esfregá-los com a mão tapando a visão que pudesse ter. Mas a voz seguia a lhe falar e parecia estar tomada de uma estranha euforia, percebeu Aparecido, logo lhe dizia vá andando, vá em frente, você vai conhecer um grande amigo. E cochichava, ele também está ajudando, logo tudo estará uma beleza, apesar dos incrédulos como você, você vai ver. Aparecido já ia pensando em que situação o outro iria enfiá-lo, em como poderia livrar-se daquele tipo incômodo, quando uma outra voz se juntou à primeira, agora eram duas a lhe falar e esta nova devia pertencer a um sujeito altivo, talvez arrogante, a quem a voz do outro dirigiu uma saudação ligeira e disse, este é Aparecido, de quem lhe falei. A voz do tal indivíduo distinto mal se dignou cumprimentar Aparecido, mas foi para ele que falou, veja, meu caro Aparecido, já soube que você é um descrente, mas é preciso que as maravilhas da vida estejam o quanto antes disponíveis para quem vale a pena, entendeu, essa conversa de que se matam pobres e não bandidos é balela. É melhor um pobre morto que um futuro bandido. Nosso papel não é o de combater a pobreza, a pobreza é um mal inevitável, faz parte da vida. Nós precisamos combater o crime, e combatendo os pobres estamos eliminando a causa da criminalidade. Aparecido quis responder que nem mesmo tinha opinião a esse respeito, só desconfiava que não fosse bem assim, nesse momento a voz desse indivíduo pretextou um motivo qualquer e anunciou que ia partir, o que decerto levou a voz do primeiro homem a se despedir também de Aparecido, dizendo-lhe vamos, meu amigo, de agora em diante você não tem mais desculpa para não ajudar também, vamos que a nossa missão exige um sacrifício constante, não há tempo a perder. E, ajuntou antes de desaparecer, você não se esqueça, o seu papel nisto tudo é fundamental, não ajudar é sabotar, não o perdoarei se continuar indiferente, já tolerei muito e não o perdoarei mais. Aparecido enfiou a mão no bolso da calça estropiada, tirou dali um lenço roto, enxugou um suor que lhe escorria no rosto, talvez junto a uma lágrima. Esses merdas falavam comigo, pensou ele no seu desatino costumeiro, mas eu sou pobre, não sabem que eu sou pobre? Em volta, nem vestígio daqueles homens, suas vozes não se ouviam mais. Aparecido sentia-se desamparado, sim. Mas também estava comovido e não sabia bem com o quê.

40

Até que, foi mesmo anteontem, só que já era noite, aconteceu de novo. Você ia sair para o seu passeio habitual, não saiu mais. E dessa vez vieram não só a cavalo, mas trouxeram consigo uns cachorros enormes, que cresceram para cima de todos à sua frente, com ferocidade jamais vista. As pessoas abalavam em corridas desencontradas, trombavam umas com as outras no afã de encontrar abrigo, os gritos de desespero chegavam até a sua janela e esbatiam contra a vidraça como se quisessem refugiar-se aí dentro. De nada valeria acolher aqueles gritos, no entanto, urgia acudir era as pessoas que os emitiam, mas essas estavam mais desvalidas do que nunca, levavam bastonadas na cabeça e nas costas, derrubavam-se no chão e eram pisoteadas impiedosamente. Você imaginou rever a mesma cena que o impressionara no outro dia, mas repentinamente eles vieram vindo, da praça, das ruas laterais, de todo canto e se puseram a latir e a agredir os cachorros dos policiais, os cavalos, foi uma batalha sangrenta e impressionante. Eram muitos cachorros vadios, não se irá imaginar que estivessem organizados para o combate, apenas estavam juntos porque assim viviam e uns, ali, encorajavam os outros a não fraquejar, a enfrentar, a resistir. Foram vários os que você viu tombar sob as patas dos cavalos e receber as mordidas fatais dos cães da polícia, mas os demais seguiam lutando, também mordiam os cães inimigos, também assustavam com sua pugnacidade surpreendente os cavalos que emitiam relinchos lancinantes, empinavam e tentavam bater em retirada. E foi a cavalaria a primeira que desapareceu das ruas, só ficaram os soldados a pé e os seus cães, mesmo esses também acabaram por sumir dali, nem mesmo os tiros que foram dados chegaram a espantar a cachorrada de rua que se enfurecia cada vez mais. A guerra, você pensou, seria mais fácil se não fossem só os cachorros a lutar, mas os outros perseguidos se aproveitaram da ajuda inesperada dos cães para ganhar mundo, onde puderam se esconderam, já não havia Jacinta entre eles, que falta fazia Jacinta numa hora dessas. E amanhã, como será, pensou você na sua aflição, a coisa não vai ficar por isso mesmo, não vai.

41

Deram de passar juntos a maior parte de todas as noites. Enquanto Mirtes dormia, Aparecido vigiava, alisando delicadamente as costas do cão para que esse não adormecesse também, nunca se sabe. Aparecido tinha medo, um medo forte que Mirtes lhe fora incutindo sem querer ou talvez não, com os temores que lhe transmitia. Mirtes bebia, dizia-lhe que ajudava a debelar as fraquezas da alma, mas jamais o deixara fazê-lo, já que ele não resistia bem à bebida e nem gostava dela. Mas Aparecido, à noite, muitas vezes se apoderava da garrafa de Mirtes para um gole ou outro, foi aos poucos descobrindo que um trago lhe dava coragem e parecia abrir-lhe a percepção. E Aparecido entrava em cogitar que aquilo tudo talvez não passasse de uma turbulência na imaginação fértil de Mirtes, com o tanto que ela sofrera e que era frágil, devia estar assustada com o mundo, mas o que era o mundo, um agrupamento de pessoas e bichos todos igualmente fracos e covardes. Não, pensava Aparecido, havia na praça uma quantidade de iguais já afeiçoados uns aos outros, que iriam armar com certeza um barulho infernal se algo os ameaçasse, depois havia os cachorros, eram muitos, além do bravo cachorro de Mirtes. Ainda, bem ou mal, havia a polícia que nunca os incomodava e que passava por ali em rondas incertas, à procura de bandidos. Se estes surgissem, primeiro que não seria com eles que iriam bulir, não iam querer nada com quem nada possuía, ademais iriam temer todo o resto. O que encafifava Aparecido era aquela conversa sempre repetida de Mirtes, que um dia essa gente ali iria começar a matar, a cabeça de Aparecido não atinava com quem pudesse ser essa gente a quem ela se referia, só percebia que Mirtes era inteligente e esperta, coisas que ele não era, ela devia estar enxergando verdades que ele jamais enxergaria. Nessa confusão de pensamentos, Aparecido preferia acreditar em Mirtes, temia porque ela lhe dissera que algo havia a temer e se mantinha em vigília para que ela descansasse, depois ela vigiaria o seu sono, assim haviam tratado. O cachorro, coitado, só se

dormisse enquanto Mirtes estivesse acordada, como a Aparecido coubesse estar acordado durante a maior parte da noite ele
agora cuidava para que o cão também estivesse, a noite já não
lhe era mais confiável que o dia, passara, sem notar, a ter medo
do escuro. E como vigiasse, Aparecido punha atenção em tudo
o que acontecia à volta deles, desde o rumor do vento nas folha-
gens das plantas até um ruído e outro que a noite prodigaliza
sem que se saiba de onde partiram e se somem como surgiram,
indiferentes à curiosidade que possam ter provocado. Aparecido
distraía seus temores pensando que tudo aquilo compunha uma
espécie de música, era a música da noite, se bem observado aquele
conjunto de sons organizava uma certa harmonia, depois de um
gole de cachaça era até possível tentar reproduzi-los e Aparecido,
o mais baixo possível para não perturbar o sono de Mirtes, se
punha a assobiar, a emitir grunhidos roucos e a bater e a esfregar
as mãos em objetos que estivessem ao seu alcance, com o que
acreditava estar executando a melodia noturna que lhe chegava.
Uma noite, ventava forte, Aparecido identificava entre os sons da
escuridão estalidos que podiam ser das ramas das árvores mais
antigas arriscando despencar, entendeu de proteger pelo menos
a cabeça de Mirtes, e assim recostou-se de modo a abrigá-la com
o seu próprio corpo. O cão pareceu entender-lhe o propósito e se
achegou aos dois, aninhando-se entre Mirtes e as pernas de Aparecido. Ficaram nessa posição um tempo enorme, a ventania não
fazia menção de passar, talvez viesse a chover, a noite encheu-se
de sons inabituais que inundaram a sensibilidade de Aparecido
de uma emoção intensa, era como uma orquestra de milhares de
instrumentos estranhos em uma apresentação apoteótica. Ele sor-
veu duas talagadas da garrafa de Mirtes, entrefechou os olhos e
deixou-se invadir por aquela música grandiosa, que lhe varria o
espírito de sentimentos diversos, assim ficou até que a melodia
se dissipasse, suavemente. Abriu os olhos devagar, a mão que
se apoiava no chão acusava a presença de um líquido que já lhe

empapava a roupa, devia ter chovido sem que ele notasse. A primeira coisa que percebeu é que não havia mais sinal de Mirtes. Aparecido alarmou-se, ela se retirara sem ele perceber, ele havia falhado com a sua obrigação, a amiga estaria sentida com isso, já ia se mortificando com a sua irresponsabilidade mas, logo, junto ao corpo, reparou na cabeça degolada do cachorro, o sangue que se derramara em profusão lambia-lhe a mão e as vestes. Aparecido estremeceu, ergueu-se a custo, olhou desesperadamente em torno. No seu espírito correu a impressão que talvez Mirtes houvesse pressentido o perigo e logo se tivesse posto ao largo, mas por que é que o faria sem preveni-lo antes, deixando-o à mercê de gente tão maldosa, capaz de fazer uma coisa daquelas com um pobre cão, não, Mirtes não era pessoa de abandoná-lo ali, ainda mais adormecido e indefeso, só que, é o que intrigou Aparecido, a si ninguém atacara, só ao cachorro, e de tal jeito que a este nem deram tempo de latir, coitado. O que teria acontecido, ruminava Aparecido, o que teria acontecido, só uma coisa lhe parecia indiscutível, quem quer que os atacara não queria a Mirtes, que visivelmente fugira, nem a ele, que o largaram como estava, só queriam ao cão, bando de desgraçados, o que fizera de mal aquele cão a quem quer que fosse? Aparecido começou a chorar incontrolavelmente, ergueu nos braços o corpinho inerte do cachorro e atravessou a praça para ir depositá-lo no buraco atrás das moitas de Jacinta, bem ao lado de onde jazia a sua Petita, não iria largá-lo ali, no calçamento. Nas noites que se seguiram, ainda voltou à praça, mas em vão. Nunca mais se ouviu falar de Mirtes.

42

Então você continua a se indagar o que será esse ar sombrio que se nota no semblante das pessoas, onde se percebe o ódio, o desencanto, a tristeza, a insegurança, em muitos momentos o desespero, esses sentimentos que juntos transtornam a alma dos seres e os voltam como feras, os põem transfigurados em outros que nunca foram, que devem trazer à tona perversidades inconcebíveis na imaginação deles. Esses tipos que você passou a ver da sua janela já são outros, não podem ser os mesmos, que eram gente delicada, muitas vezes de visível refinamento, porém, num instante qualquer, todos se converteram em bichos ferozes, criaram a malignidade no espírito, tornaram-se desconfiados e até destrutivos e maus. Como foi que isso se deu, por que se deu, são perguntas que se tece ao acaso, pela perplexidade que tudo isso causa. Que falta faz Jacinta por aqui, é o que você segue pensando, enquanto se aflige aí na sua poltrona. Mas é verdade que talvez não haja mais Jacinta, você nem mesmo sabe onde encontrá-la, se ela ainda vive.

43

E aí continuam esses personagens da sua paisagem cotidiana, que você reconhece, sempre os mesmos que são, alguns deles. Já se sabe que são pessoas que se dão, têm lá sua cordialidade entre si, mas agora, como se transformaram, um dia hão de trombar por uma bobagem. E passarão a odiar-se uns aos outros. Essa bobagem poderia até bem ser essa menina aí da loja em frente, quem sabe, tão bonitinha, o mundo dos negócios é afinal tão complicado, tão difícil de administrar, que pode bem ser que se ponham a perder um banco, uma empresa de importação, uma loja de discos, uma merda qualquer a mais ou a menos por causa de uma linda menina como essa, mulatinha, graciosa, delicada, que em suas aspirações de vida não há de sonhar nem com um dos briguentos, nem com outro e menos ainda com o terceiro ou o quarto. Já estamos vendo, porém, que não foi nem terá sido nem há de ser bem assim. Se todos continuassem como sempre, cordiais entre si, vá lá, só que assim não foi, não é, não será, a vida só poderia mesmo ter-lhes reservado uma surra daquelas, que é a surra que estará sempre à sua espera. E a surra que todos tomaram naquele outro dia seria apenas mais uma, não terminasse como terminou. A cena é a de que você se lembra, aquela poça de sangue ao redor da cabeça de um homem, no meio da calçada. Foi uma surra e tanto, essa, todos saíram dali como se a vida os tivesse desancado em uma pancadaria enorme, e é de se perguntar, por que? E, pior, já se sabe que uma surra dessas é a mesma surra que está à espreita de todos, a todo o tempo. Você já percebe, é diferente quando cachorros tomam uma surra ou quando são seres humanos a tomá-la. Uns reagem como feras, os outros não.

44

Logo anoitecerá. Aparecido nem mais sente as pernas, o cansaço de tantas andanças a esmo se converteu em um torpor suave, como se o seu espírito se desprendesse do corpo exausto e se pusesse a vagar pela cidade. Assim liberto de si mesmo, Aparecido é só um pensamento andante, uma reflexão que percorre com agilidade cada recanto e cada rosto que vê, nem mais conturbada é a sua mente, veloz em atravessar paredes, em invadir cabeças, em escarafunchar segredos. Devassa livremente o que vai por todos os cantos e em todas as pessoas, adivinha-lhes as vontades e uma grande lucidez repentina lhe vai ensinando em minúcias o que se passa em torno. Subitamente, ele se põe a gargalhar e desaba sobre uns sacos de lixo, empilhados junto ao meio-fio da calçada. E grita, entre frouxos de um riso convulsivo, Mirtes, e grita, Jacinta, não precisamos ter medo de apanhar, não precisamos ter medo de morrer, Mirtes, o seu cachorro estava certo, ele não tinha medo de apanhar nem de morrer. Logo um ajuntamento de pessoas se põe a observá-lo e murmuram coisas como esse é aquele louco, ele está louco, não, não está, já era, sempre foi, então Aparecido se levanta e segura um pelo braço e lhe berra já estamos mortos, entende, seu idiota, já estamos mortos, e sai correndo até a esquina a proclamar Mirtes, Jacinta, nós já morremos, já morremos. Ele percebe que alguns o seguem, talvez tentem agarrá-lo, pouco importa, ele arrebata o sanduíche das mãos de um rapaz e se põe a mordê-lo ferozmente, o rapaz vai dizer-lhe qualquer coisa mas ele lhe urra com ar alucinado para que você quer isto, imbecil, já começaram a matar, já começaram a matar e você também já morreu, rapidamente alcança a rua depois da esquina e se planta na calçada, mastiga freneticamente o sanduíche e rumina entre dentes, de que serve engolir isto, me digam, os mortos não precisam comer, para que precisam comer, os mortos. Uma inesperada raiva, se assim se pode dizer, uma inesperada raiva carregada de paz invadira o coração de Aparecido, o medo que ele sentira se dissipara com as primeiras luzes que se foram acendendo aqui e ali, tampouco o atemorizavam agora os rancores que sentia nos demais que se aproximavam de onde ele estava.

45

E você agora vai ver, é quase como se tudo estivesse acontecendo de novo, inesperadamente. A noite está para chegar, as primeiras luzes se acenderam ainda há pouco. Mal esse centro se refizera do último susto na antevéspera, mal tudo se recompunha devagar, timidamente, e eis essa cena abrupta, violenta. Aquele mendigo maluco está ali, bem ali, comendo com voracidade alguma coisa que não se percebe bem o que seja, num instante os outros vêm chegando. Você bem reconhece os personagens, alguns são mendigos aí da praça, uns tantos são camelôs, outros são comerciantes ou simples transeuntes, um policial vem vindo da esquina, outro sai da loja, há um bando de cachorros vadios zanzando por ali, todos convergindo para um mesmo lugar, como se houvessem marcado um encontro. Nem se falam, no entanto, mal se reúnem e um saca o revólver, os que podem saltam de lado, um outro mal pôde agachar-se e o estampido ecoa até a sua vidraça, que treme. Você fica estupefacto, nem suspeitava que o criminoso apenas agia como se cumprisse um seu juramento de morte, mesmo ele tampouco sabia que matou porque lhe cumpria matar, que matou porque o mundo se dividira entre os que matavam e os que morriam, que se não matasse talvez tivesse morrido, mas quem morreu agora, quem morreu não foi o destinatário real, se é que havia, daquela bala estúpida, quem morreu foi aquele mendigo doido, que você via daí da sua poltrona todos os dias, que não incomodava ninguém e que gostava de se abraçar aos postes da rua. Decerto que aquela bala não tinha a direção de um coitado como aquele, ei-lo ali, o pobre, escarrapachado sobre a calçada, uma poça de sangue organizando em torno à sua cabeça um desenho indecifrável. Que sortilégio haveria naquele desenho estúpido, nenhum, era só um desenho e nada mais. E os circunstantes, todos de ar sombrio, visivelmente se põem indignados, provavelmente se lamentam por não poderem mais matar, quem sabe um ao outro, nem ao assassino, que já é agarrado por tantas mãos. E eles se entreolham, trespassam-se de um ódio antigo e fatal, se pudessem também matar-se-iam uns aos outros ali mesmo, só que não podem, já não podem, devem aguardar ocasião mais propícia. Pois para tudo haverá um momento propício, como também se ajustou que para tudo há um lugar propício, e esse aí embaixo, como já comentamos, não é um lugar propício para ninguém morrer, mas a verdade é que ali alguém morreu, neste preciso instante, de morte bem certeira e definitiva.

46

A vida, como é curiosa a vida. A vida, para você, é essa sua rotina e a paisagem que presencia da janela. Tudo o que sabe é o que vê, o que vê é tudo o que sabe que efetivamente existe, o resto podem ser histórias que se contam. Ou, não. Nem sempre o que se conta é uma história. Porque no fundo tudo é história, tudo é uma e é a mesma história, é a mesma aventura que se reproduz, diga respeito a pessoas, a bichos, a coisas, mas quando se conta pode-se estar contando só um flagrante, uma cena breve, ou mesmo só um pensamento, só uma idéia, só um sentimento que ocorreu a alguém em um determinado instante e isso não é uma história, só faz parte dela. É preciso que o ouvinte entenda o que se está contando e saiba situar o relato nas aventuras, na aventura da vida. Quanto a você, não lhe resta senão ficar aí, onde está, nessa mesma poltrona de sempre, é o que percebe. A vida é o que lhe passa debaixo da janela e você nem mesmo sabe se faz parte dessa vida. Então, você espia. E espia. A parede do prédio em frente é amarela e suja. As janelas do prédio em frente estão entreabertas, umas, fechadas, outras, e se alguém houver, no prédio em frente, estará também postado a espiar, entre as venezianas, em segredo, pois nada mais se vê, ninguém se vê, no prédio em frente. Dessa poltrona posta a um canto — só, como nunca esteve e mudo, como convém — você olha a paisagem, mais larga e mais ampla do que o prédio em frente. Há algumas nuvens mas o céu, todavia, é ainda muito azul, de uma claridade mortiça que anuncia o anoitecer. Há árvores enormes na praça ao lado, há passantes na rua, pessoas e cachorros, todos das mais diferentes extrações. Há ruídos, vários, há uma brisa suave que lhe bate à janela, há tantas coisas, de um tudo — mas há, dominante, para além do seu olhar, ou para aquém (quem sabe?) o prédio em frente. Você se percebe a procurar espiar pelas poucas janelas entreabertas do prédio em frente. É como se quisesse descarná-lo, varejá-lo em suas entranhas, devassá-lo em sua intimidade irrevelada. Nada mais o atrai, nem mesmo a luz esmaecente do entardecer tristonho, a contrastar com o burburinho que sobe da rua, resgata em você um resto de vivacidade. Esse prédio nada lhe mostra, no entanto, em seu recato de ostra urbana, no impenetrável segredo de sua solidão. E você fica a mirar aquelas janelas imperscrutáveis, aquelas paredes encardidas. Também você tem algumas janelas abertas para a paisagem do mundo, que nada exibem nem deixam entrar senão olhares inúteis. Também tem outras entrecerradas, pelas quais vigia o que se passa, através das frestas que lhe sobram. E tem a sensação de estar encardido de amarguras antigas, e tem a sensação de que algo que a um tempo é indecifrável e desconcertante se oculta no âmago daquela edificação, como de que algo se oculta dentro de si que talvez seja vital ou decisivo. Não sabe em quê; mas sabe — com certeza, sabe — que aquele prédio em frente já foi novo um dia e hoje é velho e feio e sujo como se a sua própria velhice, fealdade e sujeira fossem as vergonhas que carrega consigo e que pela vida afora o foram estropiando e estropiando a imagem doce e mansa e altiva de uma edificação que terá sido tão bela, enquanto foi nova, e que passou porque, entretanto, o tempo passa, e passa, só a noite cai e nada mais acontece que em essência mude a paisagem, como nada muda o prédio em frente, como nada o abala desse canto em que você está. Você fita o velho prédio e sabe que ele o fita. Mirtes já lhe fazia falta, Jacinta nem se diga, você percebe que agora também lhe fará falta aquele mendigo maluco. Esta noite você não sairá a passeio, com certeza, a noite que se anuncia não é propícia, depois dos transtornos do entardecer. Mas você não pode fazer nada. Já não se lembra de como é gritar, já nem sabe mais ganir desesperado, ou chorar alto, ou uivar alucinadamente, quem sabe, se o fizesse, alguma coisa então acontecesse, mas sua garganta se cala diante da fixidez desse prédio. Queda-se ele tão imóvel quanto você, ele em seu lugar, você aí no seu canto, ambos nesse torpor de trastes velhos, ambos a observar-se mutuamente, ambos a observar-se, simplesmente.

Posfácio

Uma tarde destas

Milton Hatoum

Por discrição ou pudor exagerado, José Roberto Melhem não gostava de publicar o que escrevia. Em 1999, quando publicou a coletânea de contos *Moscas*, arrependeu-se até o fim da vida.

Melhem pertence a um pequeno grupo de escritores que preferiram sugerir um universo literário com um punhado de relatos. Ele acumulou a experiência de toda uma vida a fim de transfigurá-la em narrativas densas, em que nada é gratuito.

Nos relatos deste livro o leitor percebe o trabalho com a linguagem, a vontade do estilo. Os temas são variados: recortes dramáticos, às vezes trágicos do cotidiano de pivetes, mendigos, prostitutas, vadios, loucos e funcionários numa metrópole que pode ser São Paulo, mas é por certo uma cidade hostil e labiríntica, onde a vida, quase sempre precária, empareda os personagens. Em muitos casos, esses personagens são vítimas da memória de um passado perturbador ou de visões assustadoras do tempo presente.

O conto que dá título ao livro narra um encontro casual com um desconhecido num fim de tarde chuvoso, quando uma trupe de teatro de rua encena uma peça brutal, em que um dos personagens é um conhecido do narrador. *Duas velhas* narra a reconstrução de uma memória familiar, num diálogo áspero e comovente entre uma neta e sua avó, diálogo que é também um mergulho nas "poeiras do tempo e nos vestígios do passado". *Figuras no corredor* faz um recorte crítico (e autocrítico) de uma época obscura e de "utopias irrealizáveis". Nesse relato o narrador evoca as lembranças e visões fantasmagóricas de um homem que se separa da mulher, viaja para uma outra cidade e se hospeda num pardieiro onde vê (ou pensa ter visto) o retrato de uma ex-namorada da época da guerrilha e da resistência contra a ditadura.

Como diz um dos personagens, "nem tudo na vida são enredos". Isso se ajusta às narrativas deste livro, em que tudo depende do modo de narrar. E Melhem é um grande narrador, um dos mais talentosos da literatura brasileira contemporânea.

Em uma carta ao autor, Antonio Candido logo percebeu a maneira habilidosa de "fundir num tecido contínuo, sem costuras nem cortes, o que habitualmente é matéria de monólogo, diálogo, descrição, relato". Ainda segundo o crítico, Melhem "unifica tudo num discurso homogêneo de grande efeito e vigor, que vai criando a realidade com poder sugestivo".

Efeito, vigor e poder sugestivo da linguagem não faltam nesses relatos, cujo poder transformador da realidade revela-se através da memória dos narradores ou personagens que evocam histórias, cenas, visões e sonhos que permaneciam ocultos ou invisíveis, mas em estado latente. "Histórias de retalhos, de enredos que nem mesmo o narrador conhecia por inteiro", mas que são construídos com o trabalho da linguagem.

Na abertura do conto *As maravilhas*, o narrador pergunta a si mesmo — e também ao leitor: "Você, por exemplo. Daí de onde fica, a espiar, nada além de espiar, que histórias teria para contar a quem quer que seja?"

A dificuldade de contar uma história — que lembra um dos contos de Cortázar — é um pretexto para que o narrador lance um olhar compassivo, mas nada sentimental sobre alguns seres decaídos da cidade e sobre a própria cidade. Mas é também uma breve e bela reflexão sobre a arte de narrar: "é preciso que alguém nos conte o que não vimos, o que não percebemos mesmo vendo, o que nos escapou como insignificante, quando não era".

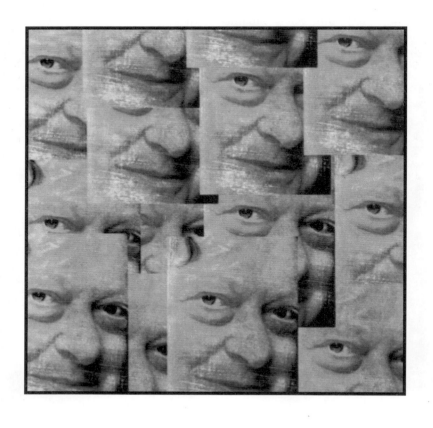

José Roberto Fanganiello Melhem

Nasceu na cidade de São Paulo, em 1944, viveu em trânsito entre São Vicente e Santos, no litoral, dos 3 aos 18 anos, quando voltou a residir na capital paulista, onde cumpriu seus estudos universitários. Advogado por profissão e escritor por vício ou teimosia. Apaixonado pela idéia de um mundo mais justo, democrático, igualitário, tentou fazer a sua parte através de uma militância política que, mesmo insignificante, nunca interrompeu, embora tenham tentado interrompê-la quando o prenderam, supliciaram e processaram, durante a ditadura militar. Poucas situações conseguiam realmente tirá-lo do sério, quando imaginava que ficava roxo de raiva. Assim, não se considerava um palmeirense roxo, mas verde. Uma de suas alegrias era estar com pessoas amigas. Deixou, porém, ou talvez por isso mesmo, de aceitar convites para velórios, enterros e cerimônias fúnebres quaisquer, principalmente quando tais eventos eram protagonizados por amigos seus. Sempre escrevia, em algumas ocasiões intensamente e escrever lhe dava enorme prazer, o que já não ocorria quando lia o que escrevera. Perfeccionista e rigoroso com o que escrevia, jogava muita coisa fora, abandonando em meio trabalhos que já não o empolgavam, dificilmente se rendia à sedução de mostrar o que fazia e procurava esquecer os escritos que guardara, para não ceder ao impulso de atirá-los ao lixo. Publicou um único livro de contos, *Moscas*, em 2000. Passou os últimos anos se arrependendo disso.

Agradecimentos

Antonio Candido
Milton Hatoum

Crédito das imagens e textos

Capa
Marcos Vilas-Boas
[São Paulo, 2008 © Marcos Vilas Boas,
acervo do autor]

p.2-3
Richard Kalvar
[Imediações da estação de trem,
Montparnasse, 1974; © Richard Kalvar,
Magnum Photos]

p.10-11
Peter Marlow
[Chuva na janela. Viagem de trem
de Londres a Bruxelas,
Grã-Bretanha, 2004; © Peter Marlow,
Magnum Photos]

p.23
Elliott Erwitt
[Brasília Brasil 1961; © Eliott Erwitt,
Magnum Photos]

p.40-41
Herbert List
[Trastevere, Roma, Itália, 1953
© Herbert List, Magnum Photos]

p.57
Martine Franck
[Departamento Yvelines. Cidade
de Poissy. A Vila Savoye (1928-1931)
foi projetada pelo arquiteto Le Corbusier,
Província da Ile-de-France, França,
1984; © Martine Franck, Magnum Photos]

p.74-75
Eve Arnold
[Atriz norte-americana Joan
Crawford com máscara de descanso,
em casa em Hollywood,
Los Angeles, Estados Unidos, 1959;
© Eve Arnold, Magnum Photos]

p.87
Elliot Erwitt
[Nova York, Estados Unidos, 1999;
© Elliot Erwitt, Magnum Photos]

p.176
Avani Stein
Fotoarte [Retrato de José Roberto Melhem,
1999; acervo: Célia Soibelmann Melhem,
2008]

4ª capa
Excerto de carta de Antonio Candido
a José Roberto Melhem, em 12 de junho
de 1999

p.173-175
Posfácio de Milton Hatoum,
em 27 de junho de 2009

© Célia Soibelmann Melhem, 2009

Foi feito o depósito legal
na Biblioteca Nacional
(lei no 10.994, de 14.12.2004)
Proibida a reprodução total ou parcial
sem a autorização prévia dos editores
direitos reservados e protegidos
(lei no 9.610, de 19.02.1998)

Impresso no Brasil 2009

Imprensa Oficial
do Estado de São Paulo
rua da Mooca 1921 Mooca
03103-902 São Paulo SP Brasil
sac Grande São Paulo
tels (55 11) 5013 5108 / 5109
sac demais localidades 0800 0123 401
livros@imprensaoficial.com.br
www.imprensaoficial.com.br

Dados Internacionais de Catalogação na Publicação
Biblioteca da Imprensa Oficial

Melhem, José Roberto, 1944-2008
Uma tarde destas / José Roberto Melhem
— São Paulo: Imprensa Oficial do Estado
de São Paulo, 2009.
178 p.: 8 il.

ISBN 978-85-7060-694-5

1. Conto brasileiro 2. Literatura brasileira I. Título.

CDD 869.908

Índice para catálogo sistemático:
1. Literatura brasileira 869.908

Imprensa Oficial
do Estado de São Paulo

diretor industrial
Teiji Tomioka
diretor financeiro
Clodoaldo Pelissioni
diretora de gestão de negócios
Lucia Maria Dal Medico

coordenação editorial
Cecília Scharlach
assistência editorial
Bia Lopes
projeto gráfico e diagramação
warrakloureiro

gerente de produtos editoriais
e institucionais
Vera Lúcia Wey

ctp, impressão e acabamento
**Imprensa Oficial
do Estado de São Paulo**

Governo do Estado
de São Paulo

governador
José Serra

Imprensa Oficial
do Estado de São Paulo

diretor-presidente
Hubert Alquéres

formato
140 x 225 mm
tipologia
charter e stymie
papel miolo
lux cream 70g/m^2
papel guarda
color plus
los angeles 180g/m^2
número de páginas
184
tiragem
2000